# 玫瑰，
## 在她如此盛開的時候——

### 探索女性文學的綺麗世界

朱嘉雯 著

# 作者序

## 生命裡的五月

　　人都喜歡聽故事，許多故事的開頭和結尾儘管雷同，甚至連過程都相仿，故事卻依然教人心動，或者心痛。關鍵是說故事的方法實在令人著迷，教人無限神往。

　　傍晚時分，巴黎的天空正飄灑著雪花，踩著十九世紀末的磚道，普魯斯特走在回家的路上。多年來尋尋覓覓的創作靈感，多像個俏皮的精靈，總是愛玩捉迷藏的遊戲。充滿童年往事的蒙梭公園和庫爾賽路，如今正封鎖在嚴霜之下，文學的陽光何時才能照現？讓白雪琉璃的世界消融在暖暖的春日裡，化成一片五月的淡粉色玫瑰花海，渲染出曾經有如天堂幻影般的似水年華。

　　「童年的記憶啊！我到哪裡去呼喚你？天氣實在太冷了！縱使回到屋內，也暖不過來。」所幸身旁還有溫熱的紅茶與烤麵包，拿一片麵包蘸一蘸熱茶，讓舌尖感受到浸潤的滋味，隨著暖流緩緩地滑入食道，幸福像海潮般陣陣襲來。這一瞬間莫名的感動稍縱即逝，作家把握住了。他小心翼翼地順著春神吐出的晴絲，找回了生動嬌豔的鮮朵，那是他成長道路旁曾經不斷綻放出來，充滿官能之美的故事之花。回憶的湧現，使他探索到一

座長久以來隱形在現實生活中的秘密花園，那些白色的山楂花、紅色的罌粟花，以及木橋、教堂、林泉……，到處潛藏著往事，生命裡的五月回到了作家手裡，讓他驚喜地看見自己過往的身影和美的敘事藝術相互迴旋。

也是傍晚時分，北京的西天像一幅壯麗的印象派油畫，金紅耀眼的霞光，照映著山巒間層層皴染的雲彩，曹雪芹瞇起雙眼，握著寫生的筆，驚異地說不出話來。這回他不單為雅石著迷，眼前這寂靜而色彩喧騰的景象，令人聯想到女媧煉石補天的神話。她將五彩繽紛的石頭鍛鍊成擎天支柱，撐起了坍塌的西天，也撐出了滿天的華彩。

「就用這個夕陽無限好，只是近黃昏的神話氣象，來補捉瞬間即逝的美，象徵賈寶玉站在富貴榮華盛極而衰的至高點，前有可卿、元春輝煌的高峰，後有晴雯、黛玉加速的殞落……。」人生就像一朵黑夜裡的花火，重點是那最奪目的一瞬，被誰捕捉到了？

漸漸地，山色冷卻下來，天空由火紅轉為石青，故事裡女主人公的美，就隱藏在這空濛的峰巒裡。正是西山的靈石，可供畫眉，黛玉眉間風露清愁的神韻，令寶玉聯想起西施顰顰蹙眉的幽姿。各家舊時鈔本直到列寧格勒藏本裡，一行極好的小字行書：「兩彎似蹙非蹙罥煙眉，一雙似泣非泣含露目」，才使作家的修辭境界達到極致。這是林黛玉的眉眼，也同時是遠山在薄暮籠罩間悠遠氤氳的氣象，這種類似繪畫的薄霧渲染，用在小說人物的形塑上，即使五官形象並不那麼清晰，作家以他敏銳的藝術感受力所捕捉的動態瞬間印象，也足已使讀者感受到曼妙而難忘的詩意，以及一種撩撥心弦的淡淡哀傷。

故事只是起了個頭，作家已經千迴百轉，歷經了人世的榮枯。

在追尋過往的進程裡，步步為營，逐漸將各種意象縮合成艷光四射的結晶。藝術果然是個動詞，直到走過黃葉飄零的傷逝之秋，踏上了細雪紛飛的嚴冬大地，那些波瀾壯闊的意識流與令人蕩氣迴腸的生死交關，才逐漸地化為一派輕鬆自如的回憶幻夢。讀者也就隨意地在這些草園花間裡，盡情地迷走與遊盪。而這裡的每一株芬芳植物，或許都有著神秘的內在生命，等著和我們的心靈發生對話。

# 目錄

# 第一章

# 絕不寧靜的天空

## ——「雲」的連綿意象

### 在濕潤茂郁的森林深處

那距離我們如夢般遙遠的年代,楚國君主的先王進入了雲夢澤地森林與峽谷的深處,迷濛間竟有巫山神女繾綣入懷……。

她是一片雲,偶爾也化作一陣雨。無論浮雲行雨,美人朝朝暮暮浸淫在溫潤蓊鬱的古老原始叢林裡,是水,是雲,是雨,總與溫柔纏綿的美麗與神秘迴旋相伴。她的名字是朝雲。

宋玉以〈高唐賦〉形容她的身影:「其始出也,暐兮若松榯;其少進也,晰兮若姣姬,揚袂障日而望所思。忽兮改容,偈兮若駕駟馬,建羽旗。湫兮如風,淒兮如雨。風止雨霽,雲無處所。」遠方的朝雲恍如堅靜的清松,留給大地一片翠影。那一抹晨光中的黯淡,像幽靈的斗篷。是美人以掩袂之姿,遮蔽了天與地,卻難掩飾思念離人的癡心與苦楚。

「高山白雲」使人恍如進入到如夢般遙遠
的年代。　　明 黃道周・山高白雲飛

她靜靜地移步，在人們不知不覺間改換了容顏，那疾走的雲恍如飛翔於天際的馬車，夢幻般五彩的旗幟在風速的帶領下，揚起了迷人的絢彩，空氣中瀰漫著煙雲霧雨，過不了多久，那乘載著詩般靈魂的馬車，也突然消失於薄暮微光之中。雲的遠逸，未曾留下一點痕跡，怎不教這消磨晨昏於高唐之上、陽臺之下的人間君王，悄然憂傷。然而他畢竟在心裡、在眼中、在腳下感覺到了慾望的流動，它超越了現實，復原為千百種的生命型態。我們將乘著文學輕輕鼓動的翅膀，鳥瞰這一幅充滿原始慾望的光輝的世界。

究竟楚先王進入的是一處怎樣茂林水澤？竟能引發一場人與自然融合交歡的奇異夢境。宋玉繼續描繪道：

登巉巖而下望兮，臨大阺之稸水。遇天雨之新霽兮，觀百谷之俱集。濞洶洶其無聲兮，潰淡淡而並入。滂洋洋而四施兮，蓊湛湛而弗止。長風至而波起兮，若麗山之孤畝。勢薄岸而相擊兮，隘交引而卻會。萃中怒而特

高兮，若浮海而望碣石。礫磼磼而相
磨兮，嶒震天之礚礚。巨石溺溺之瀺
灂兮，沫潼潼而高厲。水澹澹而盤紆
兮，洪波淫淫之溶澓。奔揚湧而相擊
兮，雲興聲之霈霈。

　　原來這雲霧繚繞的林蔭深處，聚集
了澎湃的水勢，只要輕輕閉上眼睛，就
能聽見使人蕩氣迴腸的天堂樂音。當第
一樂章緩緩奏起，整個交響樂團都動起
來了，這大自然的眾多河谷交流聚集，
水波沟湧翻騰，卻又漸弱得近乎無聲的
寧謐，直到長風吹起了波浪，水往地勢
狹隘的岸口反覆拍打相激，這才顯出湛
湛池深所蘊藏的狂亂不羈。怒濤相聚的
瞬間，浪花高聳入雲，遠望彷彿海上石
碣，那震耳欲聾的齊奏，響徹雲霄，宛
如對著無盡的天空唱出大地心跳的聲
音。在浪與浪的層層交鋒裡，「朝雲」
藍金紫彩的氤氳光線反射下，萬物「煌
煌熒熒，奪人目睛，爛兮若列星，曾不
可殫形。」

　　這些來自原野盡頭、空濛山巒間的
水世界迴旋組曲，在風的吹送下，有時

究竟楚先王進入的是怎樣的一處茂林水
澤？
　　　　　明 文伯仁·雲外泉聲響雪濤

以零落如珍珠般的水滴落在榛樹林裡，有時以匯聚成的小河蜿蜒在享受日光浴的水族身邊。猛獸為之驚跳奔走，禽鳥因而飛揚伏竄，還有更美妙的鮮葩覆蓋在鬱鬱青青的玄木老林梢頭，熟透的果實壓垂了猗狔的枝條，它們就順勢在水中隨波蕩漾，那些即興畫作出來的漣漪，會比船槳划破湖水還輕。

　　初春的雨絲洗浴了青煙迷離中，一片融融的香草花園，那洗澡水化作春潮，如牛乳般的甘泉匯入杳遠幽暗的谷底，期待一段蟄伏於偉岸巖峭底層的暗流之旅過後，隨著展翅的鷹鷂再度高翔，那騰起的白色水霧，便是一次洗浴，一段睡眠，與一番安寧的沉澱之後，重新帶動年輕而又新鮮的呼吸。儘管巨大崢嶸的岩石與虎豹的怒吼，曾經激起她的憤怒與勇氣，而深達千丈的谷底所發出的松濤震響，又使她迷茫心驚。到如今，耀目的旭日已照亮了鮮潤如畫的碧空，於是美麗雲靄在暖風樹影的催送下，拂過片片山影，投向了虹霓的臂彎。

　　也難怪日本文學家德富蘆花（1868~1927）有這樣的感歎：「登樓遠望，雲的變化實在不可名狀。接近山巒的彷彿被染成藍色，有的則是通體的銀白。有的撲朔迷離，有的紋絲不動，似乎含著深深的哀愁。有的在別的雲的頭上自在地飛翔。有的如巨人怒吼，有的如女人巧笑。有的畸形，有的橫斜。有的積如綿，有的白如銀，有的亮如銅。有的紫，有的綠，有的灰，雜然相錯，極盡放縱恣肆之能事。……這自然之手描繪的景象，真使人應接不暇。」（德富蘆花，2001）

　　那山頭飄動著的點點白絮，轉眼即如旗幟般在山腰間翻飛。而山巔囤積如岩石般的雲層，也可能在轉瞬之間，片雲不存。日落前，西

邊的雲成了絳紫色，還鑲著金邊，映著
樹樹夕陽，燦爛閃灼，「焦如古銅，蒸
如藍煙」，雲勢變化，或在分秒之間，
因此宋玉當年才會說出：「登高遠望，
使人心瘁。」眼看著濃雲逐漸包圍了巫
山，厚積如墨的壓抑中，彷彿有浩蕩的
水聲從遠處漸漸襲來，那將又會是一場
沙沙敲打著枯葉塵沙的催春的雨！

　　踏著連綿相依的芳草，和著喈喈
清囀的鳥鳴，一輛四匹駿馬拉馳，周圍
懸吊玉飾與彩穗的皇輦，在琴瑟和鳴與
文武儀仗的侍從下，初次進入這水冷冷
的濃密原始森林深處，大自然以風搖枝
動交會成無數高低相和、婉轉而浩大的
天籟，迎接聞名的君王蒞臨。然而這天
然的樂調，多麼不同於文化大國的弦
歌雅樂！又深切地觸動了人們的心弦，
君臣們因而個個真情流露、感傷落淚。
「人」於是以鄭重的姿態宣誓他首次造
訪的虔誠與敬畏。

　　在這神秘、豐饒而自在的神女之
鄉，即將展開了一場集體的圍獵。眾士
兵銜枚無聲，弓箭不發，補網不用，徒

登樓遠望，雲的變化實在不可名
狀。　　清 明儉‧秋山疊遠空

5

玫瑰在盛開的時候

步涉過遼闊的水域，馳越青青草地，突然令旗一舉，鳥獸的蹄足早已灑上了鮮血……。

　　或許宋玉也感受了到當年君王對神女的敬愛，因而輕輕帶過血腥的畫面，像山水寫意畫境裡的潑墨，終究不忍實寫撲殺的細節。接下來的滿載和豐收，便是大自然回饋賢君的慷慨表現。遊獵結束之後，君王欲見神女，他換了一輛簡樸的車子，穿上素黑的衣衫，彩虹成為他的旌旗，翠鳥的羽毛替代了車蓋，在如雨的陽光下不斷地加速奔馳，眼中的一切，碧影綽約，泛綠浮金。這時滿天的雲朵都逐漸圍繞在他身邊，又輕，又薄，又細，如綿似紗，網住了他這尊貴的九五之軀。那時，花開成深深的深紅，綠萍遮住了池塘上的一層曉夢，白雲們悠悠地翻過了幾重天空，合唱著大自然對人類幸福的允諾。

## 在輕紗般的裙風底下

　　聽了這一段雲夢澤畔的奇遇之後，那一夜，楚襄王因著他祖先的戀愛竟也

滿天的雲朵圍繞在他身邊，又輕，又薄，又細，如綿似紗，網住了尊貴的九五之軀。

清 明儼·天降時高山川出雲

夢見了神女。

茂矣美矣，諸好備矣。盛矣麗矣，難測究矣。上古既無，世所未見，瑰姿瑋態，不可勝贊。其始來也，耀乎若白日初出照屋梁；其少進也，皎若明月舒其光。須臾之間，美貌橫生，曄兮如華，溫乎如瑩。五色並馳，不可殫形。詳而視之，奪人目精。其盛飾也，則羅紈綺繢盛文章，極服妙采照萬方。振繡衣，被袿裳，襛不短，纖不長，步裔裔兮曜殿堂，婉若游龍乘雲翔。嫷被服，倪薄裝，沐蘭澤，含若芳。性合適，宜侍旁，順序卑，調心腸。

原來楚襄王帶著巫山雲雨的美麗傳說，神思恍惚地進入了夢鄉。夢中的女子便是自然界眾美的化身。她初來的時候，就像明艷的陽光照亮了屋脊；近前一看，又宛如皎潔的月兒散發出清輝。只消片刻，那動人的儷影又幻化成溫潤的璞玉，與令人驚艷的花朵。是什麼樣的神女，能有如此繽紛的變化？襯得曙色如鮮花綻放，映出了霞光金彩？烘托得明月如一輪琥珀般的玉球？難道高唐之上的那朵「朝雲」已經步履盈盈地來到寡人殿堂？那渾身的芳菲氣息，證明她曾浸浴在秋蘭、芷蕙、江離、青荃……等溫和豐茂的香精森林裡，也許就在那一刻，遍地閃光的彩錦又為她添上了富麗的羅紈綺繢，單看她如遊龍翔雲般的婀娜體態，難道還不能令人聯想到傳說裡，曾經使得滿眼蘋綠飄搖顫動，隨著雷聲縱橫飛灑的春雨？抬頭仰望那滿天的雲朵吧！她們有的潔白，有的暗紫，時而朦朧，時而翻捲，隨著微風輕吹，繚繞在群山巨石之間：

夫何神女之姣麗兮，含陰陽之渥飾。披華藻之可好兮，若翡翠之奮翼。其象無雙，其美無極；毛嬙鄣袂，不足程式；西施掩面，

比之無色。近之既妖，遠之有望，
骨法多奇，應君之相，視之盈目，
孰者克尚。私心獨悅，樂之無量；
交希恩疏，不可盡暢。他人莫睹，
王覽其狀。其狀峨峨，何可極言。
貌豐盈以粧姝兮，苞溫潤之玉顏。
眸子炯其精朗兮，多美而可視。眉聯
娟以蛾揚兮，朱唇的其若丹。素質干
之醲實兮，志解泰而體閑。既姽嫿于
幽靜兮，又婆娑乎人間。宜高殿以廣
意兮，翼放縱而綽寬。動霧縠以徐步
兮，拂墀聲之珊珊。

　　俏麗的神女擁有天地賜予的妝飾：
那通身的華麗，來自閃亮的藍翡翠與珊
瑚紅；豐滿而矜重的意態，又是溫潤的
白玉塑造而成的藝術。明亮的眼眸、微
揚的修眉、鮮豔的朱唇、白淨的膚色、
閒散的情緒，和優雅的姿態，使她在高
殿之上漫步，猶如鳥兒舒翼於雲端，自
在而安祥。她緩緩地舉步，如霜霧般的
薄紗清凜地拂過階砌，穿過遊廊，帶著
些微的沙沙聲響，逐漸接近了楚王的床
帳，恰似潔淨的晨霜在朝陽的護送下，

俏麗的神女擁有天地賜予的裝飾。
明 唐寅·嫦娥奔月圖軸

帶著一片隱隱約約的雲翳掠過山谷；又如同一陣南風吹來池上的青煙，讓人迎面吻上了森林深處春雨瀟瀟後，草木間的清香空氣。

隔著流蘇紗帳，楚王期待一睹神女的風采，然而神女卻不知為何踟躕了起來？她依然和善安靜，卻另有一番沉默詳審的態度。就在這看似從容，卻過於靜謐的時刻，楚王感受到朝雲與他產生了距離，這隔著一層薄薄紗帳的距離，多麼令人悵惘！他終究無法測度她的心意，只是眼看著她像是隨時要進前，又好像即刻便欲轉身。終於，她揭開了紗帳，然後要求陪侍，她說：願意獻出誠摯的心意。然而，那薄薄的一層距離感竟未因而消逝，楚王不由得喟然嘆息，神女也微露慍色，這短暫的心靈交流便只能畫下了休止符。

於是搖佩飾，鳴玉鸞，整衣服，歛容顏，顧女師，命太傅。歡情未接，將辭而去，遷延引身，不可親附。似逝未行，中若相首。目略微眄，精彩相授。志態橫出，不可勝記。意離未絕，神心怖覆；禮不遑訖，辭不及究；願假須臾，神女稱遽。徊腸傷氣，顛倒失據，闇然而暝，忽不知處。情獨私懷，誰者可語？惆悵垂涕，求之達曙。

「我情有獨鍾。」楚王孤獨而又迷惘，可是朝雲裙裾上的玉珮已經叮叮響起，她慢慢地引身退步。「為何無緣兩情歡洽？」神女沒有回答。在將去未去的回眸間，眼神傳遞出難以言盡的意緒。「請等一等，我還有話……。」神女已靜靜地移步，像一朵飄忽的雲。忽然在天色昏暗時，失去了蹤影。楚王悵然淚下，思念直達天明，那時，森林、遠野和遠近的山巒，才從一夜的酣眠裡甦醒過來，遙望天空，卻沒有一絲雲。

是什麼樣的隔閡，讓執掌人間權勢禮法、傲然睥睨群下的文明君主，竟與來自山峰水霧間的巫山女神，失之交臂？使得這段無以為繼的愛戀，終究不寫成恨，而寫成了徹底的寂寞？是什麼原因，讓我們眼看著愛情就要成形了，卻在不經意間支離破碎，好像是命中註定要接受的一場悲劇試煉。我們試圖快速地退回到楚國先王與高唐神女朝雲濃情歡洽的前一刻，看看他的後代楚襄王到底遺露了什麼細節？

於是乃縱獵者，基趾如星，傳言羽獵，銜枚無聲。弓弩不發，罘不傾。涉莽莽，馳苹苹。

王將欲往見，必先齋戒。差的擇日，簡輿玄服。建云旆，蜺為旌，翠為蓋。風起雨止，千里而逝。蓋發蒙，往自會，思萬方，憂國害，開賢聖，輔不逮，九竅通鬱，精神察滯，延年益壽千萬歲。

賦中的尾聲揭曉了迷團，當賢王帶著人類的文明進入這片亙古不

崇山密林間所孕生的珍禽異獸，是大自然的寶藏。　　　　　　五代　黃荃・寫生珍禽圖卷

變的崇山密林，他對於這深廣無比、
孕育萬物的高唐氣象，內心升起無限敬
意。因此，他歇止了儀仗，讓弓箭捕網
在最低限度裡被斟酌使用，這是先民打
擾自然界時，主動獻出的敬意，人文與
自然交織成和諧的一體，而先王與朝雲
世世傳頌的愛的神話，也證明了「愛」
是我們最謙卑的敬意。

## 在妳回眸的淚光裡

　　「黃初三年，我從京師返回封地，
途中經過洛水，聽說這河中住著一位
神女，名叫「宓妃」，這使我想起戰
國時宋玉對楚襄王所說的巫山神女故
事……。」於是，曹植寫下了〈洛神
賦〉。這又是一篇名為情賦，實則形式
酷似以第一人稱主述的現代短篇小說。
而且在文章的開篇，即以自我解構的
方式，聲稱杜撰，藉以模糊真實與虛幻
的界線，猶如〈高唐〉、〈神女〉，以
「夢境」作為故事發生的場景，刻意讓
現實與幻想混淆不清，也許正是這種怪
異而單純的意境，才能帶給我們魔幻與

楚王對孕育萬物的高唐世界，獻上謙卑的
敬意。
　　　　　五代 黃居寀·山鷓棘雀圖卷

寫實的生命本色。

在這趟歷史上（公元222年）確有其事的旅程中，當洛陽南邊的伊闕山被拋在「我」的背後，而「我們」所要面對的，還有九環十曲的軒轅山。等到經過了通谷，好不容易登上了高聳的景山，來到洛水岸邊，日已西斜，人困馬乏，再走不動了。此處滿眼盛開的鮮花與茂盛的芝草將我們團團圍繞，那落英與紅萼，片片點點掩映在綠葉叢中，彷彿雙雙媚眼留我們駐足。宋玉曾經將夜色獻給了高唐神女，他也許覺得女人在夜晚優美地走著，是一種性感，而曹植卻偏愛向晚。解馬卸車的僕人，就在身旁不遠處，鄄城王曹植（這是他在故事裡唯一保留的真實身分）漫步在夕陽林間，同時舉目遠眺，欣賞著洛水上銀光燦燦的金煙餘暉。西天的朱紅，令人炫目，群山彷彿也瞇細了眼，讚嘆這浮在水面上的霞光，並任由她的光芒將自己包裹成孔雀的藍。

這突如其來的美景，不僅慰勞了疲憊奔走的旅人，同時也在他的精神世界裡，灑上了銀鈴的聲響與魔幻的金粉。鄄城王有點神思恍惚了，注意力不太能夠集中，甩了甩頭，定睛一看，那景象即使在他往後的人生裡，也註定要反覆糾纏一生一世。「山崖旁，有位佳人。你看見了嗎？她是誰？如此美麗！」車夫恭謹地回答道：「臣聽說洛水有一位女神，莫非君王看到的是她？」（又是一次：他人莫睹，王覽其狀。）

其形也，翩若驚鴻，婉若游龍。榮曜秋菊，華茂春松。彷彿兮若輕雲之蔽月，飄颻兮若流風之迴雪。遠而望之，皎若太陽升朝霞；迫而察之，灼若芙蕖出淥波。襛纖得衷，修短合度。肩若削成，腰如約素。延頸秀項，皓質呈露。芳澤無加，鉛華弗御。

探索女性文學的綺麗世界

雲髻峩峩，修眉聯娟。丹唇外朗，皓
齒內鮮，明眸善睞，靨輔承權。瑰姿
艷逸，儀靜體閑。柔情綽態，媚於語
言。奇服曠世，骨像應圖。披羅衣之
璀粲兮，珥瑤碧之華琚。戴金翠之首
飾，綴明珠以耀軀。踐遠游之文履，
曳霧綃之輕裾。微幽蘭之芳藹兮，步
踟躕於山隅。于是忽焉縱體，以遨以
嬉。左倚采旄，右蔭桂旗。攘皓腕於
神滸兮，采湍瀨之玄芝。

　　她的輕盈敏捷如驚起的飛鴻、如
蜿蜒的遊龍；她的容貌光彩煥發，像秋
天的菊花、春天的松樹。她若即若離，
恰似流風迴雪。遠望如朝霞，近看則又
分明是一朵出水的芙蓉。大自然的鍾靈
毓秀集中表現在她的身上，將她雕塑成

她的輕盈敏捷如驚起的飛鴻、如蜿蜒的
遊龍；她的容貌光彩煥發，像秋之菊、
春之松。　宋 趙孟頫·行書洛神賦卷（局部）

「臣聽說洛水有一位女神，莫非君王看到的是她？」　　　　　　東晉 顧愷之·洛神賦圖卷（局部）

身材適中，削肩細腰，尤其是雪白的頸項，完全展現出典雅的膚質。不施脂粉便有天然的芳澤，高高的髮髻像舒卷的雲，還有那彎彎的眉、紅紅的唇、潔白的牙齒，與臉旁的酒窩……，她絢麗的羅衣、華美的碧玉、繡花的遊履、翡翠與珍珠……，鄄城王不殫瑣碎而忘情地描繪著，更將她畫中仙子般動人的姿態神情，盡收眼底。如此新奇的畫面，教人難以置信，惟獨那件如霧般的紗裙，和幽蘭叢中濃郁的芬芳，以及她徘徊於山邊的姿態，好像在哪裡見過？

　　她俏皮地嬉戲在彩色的旗幟間，伸出纖纖玉手撩撥著水花，順著急流，摘起閃閃發光的黑色芝草，誰說這手勢不像是在對我提出邀請呢？我既傾心，又煩亂，按照人間禮法，該託個良媒為我引介吧？可是此處僅有芙蓉葉影、蘆花鳴蟬，卻再也找不到適合的人為我作媒。（讓我提醒你，那些僕人與車夫，並不適合，因為他們此刻正活在現實裡。）

　　既然這是一段岔出時空的狂想戀曲，我索性更瘋顛一些，就請那緩緩的流波替我遞送腰間解下的玉珮，作為傳情的定禮。

　　嗟佳人之信修，羌習禮而明詩。抗瓊珶以和予兮，指潛淵而為期。執眷眷之款實兮，懼斯靈之我欺。感交甫之棄言兮，悵猶豫而狐疑。收和顏而靜志兮，申禮防以自持。

　　洛神果然就在瞬間收到了我的玉珮！你看她高舉瓊玉，表示願意接受我的追求。但是，我卻不能再進前一步了。因為她伸手指著足下的深淵，含情默默地邀我同她歡聚。對於水中相會，我雖心嚮往之，卻也同時矛盾了起來。我試圖讓自己冷靜，畢竟那幽冥般的滾滾水域，代表著陰陽兩隔、異類殊途。大自然中究竟有多少深不可測的未

知與神秘？這單純的一場艷遇，為何必定得讓愛與死共謀？美麗的水神，帶有殺伐的溫柔，使我猶豫、退卻。我收斂起和顏，肅穆地申明守之以禮。水雲間畢竟不同於碌碌塵世啊！

洛神感受到了我的無奈與變化，身上散發的神光，一下子明滅不定，忽而又黯淡下來。她的身軀如仙鶴般緩緩騰起，所到之處，留下了濃郁的花草香，訴說著她的相思情意。她悲哀的歌聲，引來了眾多水精靈。

爾乃眾靈雜遝，命儔嘯侶，或戲清流，或翔神渚，或采明珠，或拾翠羽。從南湘之二妃，攜漢濱之游女。歎匏瓜之無匹兮，詠牽牛之獨處。揚輕袿之猗靡兮，翳修袖以延佇。休迅飛鳧，飄忽若神，陵波微步，羅襪生塵。動無常則，若危若安。進止難期，若往若還。轉眄流精，光潤玉顏。含辭未吐，氣若幽蘭。華容婀娜，令我忘餐。

你看，這一對在清澈的水面上嬉戲，那一對展翅在沙洲上翱翔，這一個正在採明珠，那一個跑去拾翠羽，遠處那幾位難道就是傳說中的瀟湘妃子與漢水游女？江上瀰漫著騰騰如霧的水氣，仙子們便在這

江上瀰漫著騰騰如霧的水氣，仙子們便在這夕靄紫煙的迷離水波中跳躍聲喧。

東晉　顧愷之．洛神賦圖卷（局部）

夕靄紫煙的迷離水波中跳躍聲喧。她們隨著洛神的歌聲，飄忽翩飛。那神光依然忽明忽暗，閃爍不定，如輕紗裡透著薄光。這美麗婀娜的身段，在水面上凌波微步，不僅舞出了翻湧的心情；也表達了她的感嘆──人間竟與天上的星宿同樣孤獨。微風輕輕吹動了她的裙擺，長袖拂過她的臉龐，眼波中流露出哀傷與深情。

於是屏翳收風，川后靜波。馮夷鳴鼓，女媧清歌。騰文魚以警乘，鳴玉鸞以偕逝。六龍儼其齊首，載雲車之容裔，鯨鯢踊而夾轂，水禽翔而為衛。於是越北沚。過南岡，紆素領，回清陽，動朱唇以徐言，陳交接之大綱。恨人神之道殊兮，怨盛年之莫當。抗羅袂以掩涕兮，淚流襟之浪浪。悼良會之永絕兮。哀一逝而異鄉。無微情以效愛兮，獻江南之明璫。雖潛處于太陰，長寄心于君王。忽不悟其所舍，悵神宵而蔽光。

洛神終於從激盪的樂聲中，平靜下來。也許是漸漸懂得了作為人而存在的輕浮與薄倖、虛偽與膽怯。她決定載著眼前這名世間男子，登上六龍相駕的雲車，遨遊於廣大無垠的天地，乘風破浪，兩旁有鯨鯢夾乘，鳧鳥護航。先飛越北邊的沙洲，又翻過了南面的山崗，大江上的神遊，加速證明了人對自然的無從理解。

洛神終於從激盪的樂聲中，平靜下來。也許是漸漸懂得了作為人而存在的輕浮與薄倖、虛偽與膽怯。

東晉 顧愷之‧洛神賦圖卷（局部）

迎風中，洛神回頭看我，清秀的眉目、微啟的朱唇，我永生無法忘懷。

東晉　顧愷之·洛神賦圖卷（局部）

　　迎風中，洛神回頭看我，清秀的眉目、微啟的朱唇，我永生無法
忘懷。終於，我們來到了夢境與真實的邊界，她在淚眼模糊中似乎說
出了永別：雖然你不知道我是誰，我卻願意在日後的深水居所裡永遠
想念著你。忽然間，她消失不見，所有神光靈象也在瞬間散逸，山色
凝重，夕陽依舊，空氣中只是多了一分滯悶與寂寥。

　　我迅速奔向山崗，她的影子仍在我腦海裡翻騰，我忍不住回顧，
卻再也等不到她的行蹤。我終於明白自己失去了什麼，所剩下的是熾
熱的愛，以及更深的絕望。

　　於是背下陵高，足往神留，遺情想像，顧望懷愁。冀靈體之復
形，御輕舟而上溯。浮長川而忘返，思綿綿而增慕。夜耿耿而不
寐，霑繁霜而至曙。命僕夫而就駕，吾將歸乎東路。攬騑轡以抗

我終於明白自己失去了什麼，所剩下的是熾熱的愛，以及更深的絕望。

東晉　顧愷之·洛神賦圖卷（局部）

策，悵盤桓而不能去。

## 天邊有一片比世界還大的雲

　　〈高唐〉、〈神女〉與〈洛神〉等賦體文學，沉溺在《昭明文選》這片文選學海裡，已逾千年。人們記得它是意涉淫藝的「雲雨」故事，也知道曹植懷念甄后的異聞傳說，卻始終未將它提昇到真正具有文學思想的高度。從形式上看來，那些充滿奇趣與夢幻式的語言描述，早已遠遠地跨越了它們所屬的年代。尤其是從白日夢的場景裡所作的大規模鋪陳與恢宏的渲染，突顯了現代小說裡強調的意識流與「空間藝術」，它有別於傳統小說以時間為主軸的敘事模式，卻讓故事發生在「我」的內心，而非現實的時間之流裡，於是故事從開始到結束，都未離開「現在」一步。這重要的「瞬間」，在文學表現手法上放射出思想的光輝。它試圖捕捉人們內心變化多端、不可名狀、難以界說的精神本質，關注一大堆心靈印象中，堅定的信念與恆定的追求。

　　以文體的表現力而言，賦家不假比興，以直述鋪陳的手法表現洋洋灑灑的文字大觀，即古人所云：美聖德之形容，其文學形式已充分說明了它是歷史上多種文學類型的有機集合體。詩人在寫作的當下，爆發出超越時空的想像，以人類理想化的思維模式來概括物類，並試圖賦予物類完美的形象，以包容一切的氣魄將故事講述成乍聽之下十分遙遠，在心靈上又十分貼近現實的漫漫詩篇。這樣一個建立在車夫信手拈來的神話基礎上的幻覺世界，寄託了作者心靈中理想的女性風神，事實上作家以寥寥數語暗示我們旁人與當事者在精神狀態與對事

物認知上的極大差距。我們亦不妨將
之視為一篇由事件轉入內心的意識流作
品，藉以體驗其間所透露出現代人心靈
世界的荒誕與緊張，也許在這層審美視
角的觀注下，那些美麗而又古老的詩篇
竟能搖身成為述說著瞬間即永恆的小說
藝術，而這樣的藝術所體現的正是人文
精神與性靈的回歸。

　　除了古典情賦與現代小說疊合的
文體關照外，這組作品在內容與主題
上，還隱藏著一片廣大的隱喻世界，
讓我們自由地馳騁與詮釋。君王與神
女的相戀除了實指男女的結合，更可能
指向了文明與自然的和諧關係。從〈高
唐〉、〈神女〉到〈洛神〉，從宋玉到
曹植，這組艷情故事所發展出的連綿意
象，象徵著人文與自然的逐漸隔閡乃至
於背離，同時它也從諸端異象情節中啟
示了我們某些人生的真相——儘管全心
全意維繫愛情，其道途依然艱辛。或者
就像古希臘女詩人Sappho所云：經常
／那些／我以溫柔相待的人／傷我最多
……。

賦體文學在文選學海裡，已逾千年。那
些充滿奇趣與夢幻式的語言描述，早已
遠遠地跨越了它們所屬的年代。
　　　　　　宋 趙孟頫·行書洛神賦卷（局部）

在這組連綿的神話意象裡，浪漫的文風直接推崇著人與自然的同化與平等。自然景物成為一道具有生命意義的風景線，相對於魏晉以後侷限在袖珍畫框裡所作的客觀風景描寫，此處則更顯出詩人內心對大自然的投入與景仰。他們以崇高肅穆的歡愉筆調，賦予了大自然神性的光暈。尤其當人作為主體，自覺地融入到廣袤、綿延的無限之中，使世俗價值與神性的高尚境界相互輝映時，人類自由奔放的藝術思維，便得以盡情地揮灑；自然界深不可測、澎湃洶湧的神祕力量，亦不斷地衝襲我們的情智。最終，人性的浮華與虛榮，也都得到了應有的寬容與紓解。我們應該感謝詩人一再地說夢話，並對天邊的雲作無盡的幻想，使我們明瞭自己在追尋文學思想的道路上，還有很長的路要趕。

曹植以降，即至南北朝，如大詩人謝朓的作品，即將所有的感官印象都壓縮在一個瞬間的藝術結晶裡，以窗櫺框定了文人士大夫滿室的自足與靜謐，形成了人文更進一步地退隱出自然懷抱的

自然景物成為一道具有生命意義的風景線，顯出詩人內心對大自然的投入與景仰。　清 高其佩·仙山樓閣圖軸

孤獨意識。在這個高度自我封閉的美學空間裡，人們不再聽見狂野的猿嘯與失控的激湍，生命正沐浴在婆娑的竹影、搖樣的柳絲，與沁人心脾的荷香露雨裡。文人以脫俗出塵的清夢來承載生活底蘊，吟詩、品酒、煮茶、賞畫……，直可以銜接到晚明小品中的「清風白月」與「新綠映檻」。即使玫瑰枕邊金戈鐵馬忽遠忽近，造夢者依然以不堪補天之才，笑拈江南煙雨中的花草，微笑入夢。

南北朝以降，文人逐漸走進高度自我封閉的美學空間裡，不再聽見曠野與激湍的聲音。　　明　鍾學‧壽萱圖

玫瑰
在她
盛
開
的
時
候

【參考書目】
1. 宋玉，〈高唐賦并序〉，《昭明文選》，台北：三民，2001年。
2. 宋玉，〈神女賦并序〉，《昭明文選》，台北：三民，2001年。
3. 曹植，〈洛神賦并序〉，《昭明文選》，台北：三民，2001年。
4. 波赫士（Jorge luis Borges），《波赫士談詩論藝》，台北：時報文化，2001年。
5. 德富蘆花，《自然與人生》，台北：志文，2001年。

（本文發表於2006年5月，國立台北教育大學「文學閱讀、寫作與思考」通識教育研討會。）

# 第二章

## 花園裡的秘密

### ——蓮漪表妹的成長記事

### 繽紛的回憶化作無語的青春

在很久很久以前……，噢，是「不久以前」，有一位愛讀童話的女作家，在自己所寫的故事裡，擅自改掉了童話慣有的開場白：

仔細想想，哪有什麼事是真正的「很久以前」？若把這句話引入人生過程，便透著一股不可追、不可尋、不可再、甚至不可信以為真的意思。如是一朵花，必已凋謝；如是一片雲，必已遠颺；如是一把青春，必已衰老，一切沒了希望。（潘人木，2001）

因此，屬於女作家的那一把青春，總像是昨日之夢，並不曾真正的衰老，它像一抹光線劃過空間，在經年累月之後，人們只在偶然間透過一束繽紛的氣球、一個暖熱的燒餅、一抹駿馬圖裡飄然的長鬃，就能讓黯然的青春，慢慢地浮出往日光影，展現獨特而精采的個性與命運。說著說著，故事裡的女

人們只在偶然間透過一束繽紛的氣球、一個暖熱的燒餅、一抹駿馬圖裡飄然的長鬃，就能讓黯然的青春，慢慢地浮出往日光影。

二十世紀初的摩登旗袍女子

主角，果真如同綻放中的玫瑰一般，鮮麗起來，那蓮漪的臉色，由暗沉轉為白皙，由白皙轉為紅潤，由紅潤轉為白裡透紅的健康，恰似當年模樣。好像記憶仍保留著舊日溫暖的陽光，微風輕吹，使每一段往事觸碰到靈魂深處的心弦，發出陣陣回音，此起彼落地躍然於作家紙上。

　　為了呵護這一朵永不凋謝的花，為了挽留那一片作勢遠颺的雲，作家們潛心思索「關於小說」的奧秘。普魯斯特在《追憶似水年華》誕生之前，先戴上了潛望鏡，探勘那孕育文學維納斯的深藍海底，這日後化為馬德萊娜小點心的貝殼，如今正載著愛與美的女神，從晶瑩激盪的浪花泡沫之中，緩緩升起，並且源源地湧流出創造的靈泉。貝殼開啟的一瞬間，作家的往日時光就如同旭日放出光輝，因為他已擺

探索女性文學的綺麗世界

脫了智力的強行介入，讓那些吉光片羽的種種心靈印象，在不經意之間從各種年代的腳凳、花瓶、刀子、酒杯裡釋放出來，彷彿靈魂出竅、野馬脫韁。

　智力以過去的時間的名義提供給我們的東西，未必就是那樣東西。我們生命中的每一時刻一經過去，立即寄寓並隱匿在某件物質對象之中，就像民間傳說中的靈魂托生那樣。生命的每一刻都囿於某一物質對象，只要這一對象沒被我們發現，它就會永遠寄寓其中。我們是透過這個對象來認識生命的那一時刻的；它也只有等到我們把它從中召喚出來之時，方能從這個物質對象中脫穎而出。而它囿於其間的對象——或者不如說感覺，因為對象是透過感覺與我們互相關聯的，我們很可能無從與之相遇。因此，我們一生中有許多時間，很可能就此永遠不復再現。（普魯斯特，1997）

　普魯斯特提供了一種柏格森式的回憶方式，藉由「直覺」讓生命中的每

普魯斯特幼年居所附近的公園

25

段過往互相滲透，使作家從官能來感知其心理時間，以呈現富有變化的無限創造力。自主的回憶藉助於智力和推理，那不能真正使過去再現，以至於我們不相信生命是美麗的，因為自主的回憶無法召回生命本身的美。「但如果我們聞到一點遺忘已久的氣味，突然間就會沉醉在過去之中。」我們對於逝者的愛，其實未曾消失，只是遺忘了。哪一天一隻舊手套冷不防出現在眼前，我們很可能會為之熱淚盈眶。只有不由自主的回憶，才能透過當時的感覺與某種記憶之間的「偶合」（無意識聯想），使我們的過去存活於現在所感受到的事物之中。

　　我曾在鄉間一處住所度過許多個夏季。我不時在懷念這些夏季……對我來說，它們很可能一去不復返，永遠消逝了。就像任何失而復現的情形一樣，它們的失而復現全憑一種偶合。有一天傍晚，天在下雪，我從外面回來，在屋裡坐在燈下準備看書，但一時沒法暖和過來。這時，上了年紀的女傭建議我喝杯熱茶；而我平時是不大喝茶的。完全出於偶然，她還給我拿來幾片烤麵包。我把麵包放到茶水裡浸了浸，放進嘴裡；我嘴裡感到他軟軟的浸過茶的味道，突然，我產生了一種異樣的心緒，感到了天竺葵和香橙的芳香，一種無以名狀的幸福充滿了全身；我動也不敢動，惟恐在我身上發生的不可思議的一切會就此消失；我的思緒集中在這片喚起一切奇妙感覺的浸過茶的麵包上，驟然間，記憶中封閉的隔板受到震動鬆開了，以前在鄉間住所度過的那些夏天，頓時湧現在我的意識之中，連同那些夏天美好的早晨，一一再現了。我想起來了：原來我那時清晨起來，下樓到外公屋裡喝早茶，外公總是把麵包乾先放進他的茶裡蘸一蘸，然後拿給我吃。但是，這樣的夏季清晨早已過去，而

茶水泡軟麵包乾的感覺，卻成了那逝去的時間——對智力來說，它已成為死去的時間——躲藏隱匿的所在。（普魯斯特，1997）

　　這段文字後來擴展改寫成了《追憶似水年華》中精緻的貝殼形狀小點心。從普通的烤麵包到紋路細緻的瑪德萊娜，「貝殼」的象徵意義，暗示了偶然興發的回憶與聯想，是創作者靈感的搖籃，如同希臘神話正是用這貝殼搖籃孕育了美神維納斯。自童年以來，久未入口的瑪德萊娜把小說主人公帶回過去在貢布雷度過的時光，讓他進入豐富、親密且如流水般滔滔的回憶。那著名的段落啟發我們追尋過往的真實歷程。逝去的記憶一旦被找了回來，屬於過去的時間，才能轉化為心理時間，而作家正是在此刻達到了永恆。任何事情只有以永恆的面貌呈現，才能名之為藝術而被真正的領悟與保存。對普魯斯特而言，這種偶合是可遇而不可求的，「一旦那一切是經過有意識的觀察而得到的，詩意的再現就全部喪失了」。

　　潘人木詩化的青春躲在蓮漪表妹的身影裡，躲在一枚皎潔的氣球裡，作家藉由故事的敘述，緩緩地重現往日情懷，其過程就像十九世紀英國作家王爾德的唯美小說〈夜鶯與玫瑰〉。小夜鶯總算看到了一位真正的戀人，她為了得到一朵紅玫瑰以取悅愛人而深深苦惱著。於是癡心的鶯兒決定用心臟的熱血催生一朵紅玫瑰。等月亮掛上了天際，夜鶯朝玫瑰樹飛去，用自己的胸膛頂住花刺。她用胸膛頂著刺整整唱了一夜，就連冰涼如水晶的明月也俯下身來傾聽。整整一夜她唱個不停，刺越來越深，她的鮮血也快要流光了。她開始唱起少男少女心中萌發的愛情。在最高的枝頭開出了一朵異常的玫瑰，歌兒唱了一首又一首，花瓣也一片片地開放。起初，花朵是乳白色的，就像懸在

玫瑰在她盛開的時候

王爾德

緋紅茶香玫瑰

河上的晨霧，早晨的足履，和黎明的翅膀。在最高枝頭上盛開的那朵玫瑰花，如同一朵在銀鏡中、在水池裡照映出來的花影。

然而這時樹大聲叫夜鶯把刺頂得更緊一些。「頂緊些，小夜鶯，不然玫瑰還沒有完成天就要亮了！」於是夜鶯把刺頂得更緊了，她的歌聲也越來越響亮了，她歌唱著一對成年男女心中誕生的激情。一層淡淡的紅暈爬上了玫瑰花瓣，就跟新郎親吻新娘時臉上泛起的紅暈一樣。但是花刺還沒有達到夜鶯的心臟，所以玫瑰的心還是白色的，因為只有夜鶯心裡的血才能染紅玫瑰的花心。這時樹又大聲叫夜鶯頂得更緊些，「再緊些，小夜鶯，不然，玫瑰還沒完成天就要亮了。」於是夜鶯就把玫瑰刺頂得更緊了，刺著了自己的心臟，一陣劇烈的痛楚襲遍了她的全身。痛楚隨著歌聲而激烈，她唱著由死亡完成的愛情，唱著在墳墓中也不朽的愛情。

最後這朵非凡的玫瑰變成了深紅色，就像東方天際的紅霞，從花瓣的外

環到花心，這新生的玫瑰好似一顆紅寶
石。終於她唱出了最後動人的一曲。明
月聽著歌聲，竟然忘記了黎明，只顧在
天空中徘徊。紅玫瑰聽到歌聲，更是欣
喜地張開了所有的花瓣去迎接那清涼的
晨風。回聲把樂音帶回自己山中的紫色
洞穴裡，使酣睡的牧童從夢鄉中悠悠醒
來。歌聲飄越過河中的蘆葦，蘆葦又把
聲音傳給了大海。

　　蓮漪的一生走過了暗戀趙白安的純
情白玫瑰時期，踏上與老洪肌膚相親，
並孕育新生命的粉嫩玫瑰階段，最後在
金鵬的臂彎裡死生相許，愛情使人即使
在墳墓中也已不朽，她以絕大的代價染
紅了生命裡的玫瑰。她的生命以及她的
美，如同這朵鮮紅初透的花朵，是作家
用筆尖撫著自己的心寫成的一種明亮的
標致，因此當年在一群小姑娘裡，蓮漪
總是最惹眼、最先受人注意的。她是天
然的「櫻桃伴豆腐」，紅白分明的臉蛋
兒，細嫩又光潤。中學一年級的時候，
老師禁止學生塗脂抹粉，曾當眾說：

　　「白蓮漪！妳搽了胭脂！」

由白色到深紅色的普羅旺斯園林玫瑰

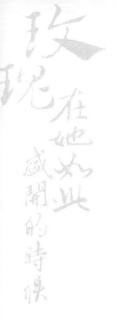

玫瑰在她如此盛開的時候

民國時期的簪花女郎

「報告老師，我沒有！」

「立刻洗掉！」

結果她越用力洗，越紅得可愛。這天然純真的美，是作家亟欲回溯的生命初衷，在顛仆離散的成長腳步裡，它曾經與人們幾度離合。如今它在時間的盡頭、回憶的彼岸，隱約地招手。作家總是不願相信幸福的假日會永遠逝去，他們要抗拒時間的腐蝕，讓曾經是激情、苦澀，而且充滿悲劇性的美好少年史，還原為更加真實、豐富而飽滿的意象。

潘人木的似水年華也曾在一股細緻莫名的幸福感裡，泛起漣漪。幼年時，隨父親遊公園，見月上柳梢，美麗非常，於是央求父親為取樹梢明月。父親便買了一個氣球，說：「這就是妳的月亮！妳一個人的月亮！」從此氣球便與童年的幸福相互歸屬。它的形體雖已破滅，卻化為永恆的存在。存在於作家的心中，隨日後的環境與心情改變顏色，帶來安慰與指引。

我高舉著這個氣球衝入成長。過程中以與青春相撞，與蓮漪相知最為

彩色繽紛。

　　此刻與蓮漪對坐，向對面牆上一幅駿馬圖的明鏡看去，我的氣球正飄動著淺藍，自己的神色也約略重現當年。（潘人木，2001）

　　在某種程度上，由柏格森的心理時間學說所帶動的意識流敘事手法，在潘人木的筆下流露出了光輝靈動的真情。作者運用感官感知，讓生命過往的許多片段時刻互相滲透，依序延伸，使作品展現了變化的強度。一枚氣球升起了記憶的帷幕，於是作家聽見了家鄉鳳仙花種莢的彈裂，看見了舉旗吶喊的可愛的年輕面孔，彷彿他們踏著烽火漫天的同時，也感受到父親塞在自己手裡的溫熱燒餅。不經意地向外望，瞥見壁上的駿馬，飛馳而出，美麗長鬃飄過窗外。當親愛的氣球重新歸落懷中，作家以心頭的溫暖保持著它的柔軟，不讓它隨時間化為鐵石。她與蓮漪對坐，就如同與過往的自己對坐。蓮漪慢慢地隱去，留下了當年的時空。時空隱去了，又化為無語的青春。

潘人木

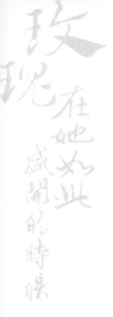

## 潘朵拉的手記

　　小女孩在長大之前，都是《秘密花園》裡「倔強的瑪麗小姐」，既不懂得體諒，對於旁人的愛憐與照顧更是予取予求。她遺傳自父親的任性、揮霍與矯情，也承繼了母親的一點自卑。父母親再如何嬌慣她，她也從未滿足。她在最快樂的時候，還故意去發掘一些不如意的事。總覺得別人的東西都是好的。有一回，在秋天的田野裡燒大豆吃，她搶了表姊的豆子，用力太猛，把脖子上掛的瑪瑙墜子掉進了火裡。於是又忙著去撥火，找尋火裡的瑪瑙墜子，因而燒傷了手指頭，一直到快過年才好。還有一回，在自家的瓜地裡偷瓜。黑夜無邊，她提著風燈，卻因為提的方法不對，只覺晃眼，什麼也看不清楚，竟以為眼睛瞎了，不禁大叫，腳下踩碎了好幾個香瓜，也驚醒了瓜棚裡熟睡的王二菸袋！他第二天告了一狀，姊妹兩從此不准再進瓜地了。這些受傷和屈辱，成了小女孩成長的印記，也是多年以後才能明白

普羅旺斯的包心園林玫瑰

的人生道理。而這一段逝去的時間就躲藏在天空邊緣，彩霞翻紅，一輪落日逐漸埋入的雲堆裡，因為那紅霞餘暉像極了蓮漪失落火裡的瑪瑙墜子。

　　她被嬌慣壞了又愛發脾氣的性子裡，偶爾夾雜著愛作夢的純真，就像小瑪麗經常假設自己建造了一座花圃，把又紅又大的木槿花插到小土堆上……。直到她發現了一座真正的而且是屬於她的秘密花園，廢園中隱密的求生意志將她內心深處匍伏已久的欲望勾攝出來。當夜深人靜，全室都已熟睡時，黑暗和安詳的世界裡卻隱隱透露著成長的危機。這時只有室外甬道裡的燈光，從門縫裡透進來，照著同寢室友熟睡以後的落書。蓮漪一向入睡快，而「我」卻不容易沉睡，也許是小醒後，特別警覺。房門被人推開了，一個人側身進入，是個女孩子，燈光照著她的腳，似曾相識，從鞋襪判斷，她穿的不是睡衣。她輕輕地移動著，走到室友的床邊停下，踩到了她的書，又輕輕踢開，書就溜到床底下去了。過了一會兒，「我」

潘人木

清 計燁·滿園花事動秋訊

《遊園》，北方崑劇院，蔡瑤銑飾杜麗娘，
董瑤琴飾春香。

看見她的兩腳下床，穿鞋，跟隨那進來的人，四隻腳在一道光線裡悄悄地走出去，然後門輕輕地闔上。

進來的人事誰？出去做什麼？不像是上廁所，不像是早起溫書。「我」披衣坐起，走到門邊，聽見窸窸窣窣，過道裡還有腳步輕輕移動的聲音。不只她們兩個人。「我」壯著著膽子去開門，在過道盡頭，貼著玻璃窗望出去，殘月微光下，人影幢幢，朝著這座學校所座落的王府的後花園而去。

重新躺回床上，聽見遠處傳來一聲聲叫賣：

「硬麵餑餑！」

深夜一點半了。

此後每夜，燈熄之後，鼾聲響起，室內一片寂靜之際。「我」總想打開窗戶，透透新鮮空氣。並且不斷地自問：她今夜會不會再被人叫走？那個女孩是誰？她們去後花園幹什麼？此時，鞋聲橐橐，什麼人深夜漫步歸來，經過這間女生宿舍？

終於，後花園裡的秘密聚會也帶走

了蓮漪，啟發了少女滯閉的心靈：

「這回我就是不能叫你們大家夥兒稱心如意！我要退婚！立刻就退！」所有人都放下筷子，想仔細傾聽她。包括牆上的老鐘，爐裡的媒塊和衝撞在屋簷枯枝間的深秋。（潘人木，2001）

像杜麗娘於官衙裡住了三年之後，偶然踏進了後花園，在青春的誘引之下，第一次發出了要求自由的心聲。這荒無的秘密花園啊！是想像世界裡最迷人而富有神秘氣息的地方，周圍高高的圍牆環抱著它，濃密交纏的花梗向四面舒展，交錯蔓生的枝條，編織成一幅幅輕薄搖曳的簾子，樹枝垂下長長的卷鬚沿著一棵樹攀到另一棵樹，築成了一道又一道亮眼的天橋。修長的藤蔓宛若層層矇矓的紗幕，這片靜謐的土地，正展現著有史以來最神奇美麗的姿容。盛開的百花，成雙的鶯燕，迷惑少女一步步走進這危殆的禁區，「怪不得如此靜寂，我是多少年來第一個站在這兒說話的人！」長期幽閉禁閉的積鬱，一時間傾筐倒篋而出：

你道翠生生出落的裙衫兒茜，豔晶晶花簪八寶填；可知我常一生兒愛好是天然，恰三春好處無人見。不提防沈魚落雁鳥驚喧，只怕的羞花閉月花愁顫。

——〈醉扶歸〉

原來奼嫣紅開遍，似這般都付與斷井頹垣。良辰美景奈何天，賞心樂事誰家院！（白）恁般景致，我老爺和奶奶再不提起。（合）朝飛暮卷，雲霞翠軒；雨絲風片，煙波畫船。——錦屏人忒看的這韶光賤。

——〈皂羅袍〉

這個葉莖間擾攘的小動物世界，對映出人心的荒蕪。
元 錢選·桃枝松鼠圖卷

潘人木《蓮漪表妹》
（爾雅版）

　　在大好春光的感召之下，她的青春與自我意識覺醒了。從此只知執著於自由和幸福的追求：「這般花花草草由人戀，生生死死隨人願，便酸酸楚楚無人怨。」她不滿於自己的處境，想找尋這痛苦的根源。她憧憬著理想，卻找不到出路。心靈的美妙花園，一旦開啟，就會不停地綻放驚人的鮮豔與活力。人生從此隨處轉身便見到小徑、涼亭、石凳、花盆，一群正在成長的小花兒隨著溼潤的泥土，散發著陣陣撲鼻的清香。陶醉其中還不經意地發現了許多尖細的嫩芽兒。這是一座會微笑與呼吸的新鞦

轆，在美麗與罪惡之間擺盪。

「小漪，你敢不敢去後花園看看？」

「怎麼不敢？如果是荒荒涼涼的，說不定有『天天兒』（一串串紫色和淺綠色的野生漿果。）哪。改天找個放假日子我帶你去。」說著還枉然的踮起腳來做探看的樣子。（潘人木，2001）

如今這座王府變得沒有王法了。但是它依然是一部很好的教材，小女孩們在月下秘密品嚐著生命的多重滋味。她們偷來了一座花園，這花園不屬於任何人，她們需要它，也合力照料它，從此沒有人有權利將它奪走。就像王爾德筆下的小夜鶯、《秘密花園》裡的知更鳥，牠們屬於這美麗世界的一環，任何人也無法將牠們抽離這樂融融的荒園。小動物們永遠是童話世界裡的主人公，築巢的鳥兒、好奇的狐狸與溫柔的兔子，機伶的松鼠與頑固的甲蟲……，這個葉莖間擾攘的小世界，對映出人心的荒蕪，那個名實不符的學生迎新大會，

二十世紀三十年代的女學生

利用蓮漪的虛榮感，將她推進了謊言與罪惡巧築的深淵，作為她精神上另一面的「我」，只能無奈地將視線拉到與牆角上的一隻蜘蛛等高，只有從這個高度才能好好地看清楚自己年輕時是怎樣地衝動和愚駿。

　　每當那只裝著訂婚首飾的潘朵拉盒子被打開的時候，小說裡的「我」知道有千百雙眼睛都朝這邊投射，彷彿到自己在長高，高得要頂到天花板了。潘朵拉的內心出現了兩種聲音：善妒、貪婪、愛美的白蓮漪不計後果地要打開它，取出裡面的黃金和珠寶來與她的對手別瞄頭，於是盒子裡預藏著因友情與愛情帶來的憂傷及災禍，反噬了這個管不住自己的女神。這時，另一方屬於理智的聲音，提出了要求：

　　「小漪！你把那首飾盒交給我吧！」

　　她做事情，並不是不知是非，只是控制不了自己，「做了再說」，不計後果。

　　她無言的望望我，沒問我為什麼，也不必問，乖乖的遞到我手裡。

　　「費心了。」

　　接過越來越輕的盒子，感慨萬千。不知道這個「遊戲」——裝闊的遊戲——何時才能停止。蓮漪當初一點這樣的企圖也沒有啊，卻一步一步越走越深。（潘人木，2001）

　　打開了盒子隨即又後悔的潘朵拉，內心出現的兩個自我，化身成這部小說裡的一對表姐妹，她們相擁嘆息，感傷成長道路上，處處隱藏著教人迷失方向與受盡屈辱的陷阱。唯有童話定義裡的自然天地，才是小女孩心靈短暫的避風港。

我也不耐大禮堂裡陣陣壓向胸窩的空氣。我要溜到外面看看蝙蝠在黃昏裡怎樣翻飛盲撞，蟋蟀在秋草裡如何悲鳴。或者信步走到校門外，奔向那敲著小銅碗賣胡子糕的小販，從他的破布口袋裡摸出個彩來，我早就坐在那裡盼望著這些啦！（潘人木，2001）

然而，每個清晨與深夜，那個秘密花園逕自呼喚著小女孩，它用競相開放的花朵地毯迎接她們逐漸地深入成長的禁區，她們依然是任性而壞脾氣的孩子，面對這奇異的具有誘惑的叢林，有時也禁不住渾身顫抖、淚流滿面。許多個無眠的夜晚，蓮漪不能休息，像一隻被騷擾的蜜蜂，不安地來回踱步。耳邊又傳來「硬麵——餑——餑」的叫賣聲，這聲音關聯著某一件事，使人立刻警醒。花園裡的簇簇紫紅與金黃，攪動了她心中原本的秩序與平靜，令她瘋狂地想要擺脫自小訂婚的枷鎖，眼看著燦爛的、自由的、愛的花朵到處開著，她卻是如何的煩悶！連冷清而憂鬱的九龍壁，都像是誰給它訂了親似的，雖然不住地翻騰，卻始終逃不出那長長方方的壁面。

## 愛神扛著枷鎖

「街上鬧學生了！鬧學生了！」一個鄰居的小孩跑來報告。

「這些孩子每人手裡都拿個小旗兒，一舉一舉的喊口號。我費了好大的勁兒，才看清楚蓮兒的小旗上寫著：『打開我們的枷鎖』！」爸爸繪聲繪影地說。

「打開什麼？」舅媽急著問。

「打開像犯人帶的『大枷』的東西。」爸解釋著。

「那她是帶了大枷去鬧嗎？」舅媽聲調裡又有眼淚了。（潘人

木，2001）

　　自我再度分裂成兩首迥異的生命之歌。蓮漪不斷地以首飾盒裡象徵婚姻枷鎖的禮物來換取她的虛榮與平衡她的自卑。她回來了，在那秘密之地開的秘密之會的秘密色彩也掛在臉上了。而在此同時，另一個自我卻選擇了回到寧靜如昔的家，她拒絕了秘密花園，只想永遠做個長不大的小女孩，像往常一樣，星期六回家時，若母親不在門口等望，只要一按門鈴，立刻會聽見小妹一邊唱，一邊和著小花的腳步，像炒豆一般爆到門口來。在客廳內，那古老的時鐘旁，衣架上掛著爸爸的舊水獺皮帽子，妹妹的紅色圍巾。這一切說明了，家裡萬事如恆，就像天空裡的行星，按著軌道正常地運行。她聽爸爸的話，當個乖女兒，爸爸說：「『打開我們的枷鎖』，這句口號，我倒贊成，意義也挺廣泛的。不過要留意，打開了一個，別再套上另外一個。今天，我全看見了，怪不得嚷嚷著遊行遊行！男男女女的緊緊的跨著胳臂兒，有的嬉皮笑臉，有的

潘人木《蓮漪表妹》
（純文學版）

得意洋洋，像這樣，男女授受不親的枷
鎖固然是打開了，卻不想過於隨便也是
一種枷鎖啊，而這種枷鎖一旦套上是不
容易打開的，因為它披的是自由平等的
外衣。」（潘人木，2001）

　　家門之外，那個披著自由外衣的少
女，是作家的另一個自我，她此時正在
踉蹌不安的北風中，急躁地找尋安息的
幽靈。那狂熱呼喊的聲音與動作，由匆
匆翱翔空際的麻雀看來，一定以為人們
發瘋了。枷鎖解開的那一刻，她聽著表
姊把信一念再念。發抖的請求，發抖的
雙手。紅色小臉迎接著滾下的淚珠，這
不是哭的淚珠，也不是笑的淚珠，而是
分明看到愛神扛著枷鎖的矛盾的淚珠。

　　蓮漪的小紅嘴兒微微上翹，她烏
鴉翅膀般的頭髮像稍有凌亂，這是她情
緒受到困擾時的標誌。憂傷時，她哭；
快樂時，她跳著笑著，擁抱別人，而
今她的情緒十分複雜，長久以來抗拒
的婚約，在彬彬有禮而且深情款款的理
解中，得到解除。但是她卻僅是向空中
拋著自己的枕頭，當枕頭將要落在一盆

在白蓮漪的眼中，即使是圖上的鳥，也要掙
脫紙上的枷鎖。　　清 馬荃・花卉草蟲圖冊之一

41

長著彩色羽毛的蜂虎鳥

童話故事裡照例有個壞女巫，她灑下暴風雨般的魔咒，使得《綠野仙蹤》裡的桃樂絲迷失了方向，稻草人失去了智慧，錫人找不到他的真心，最諷刺的是，獅子缺乏勇氣。

洗臉水之前，她又用雙手接住。室友搬走後留下了一幀釘在牆上的動物照片，上面是一隻長著彩色羽毛的蜂虎鳥，此刻只餘右角的一枚圖釘，並未掉落，止於搖擺。蓮漪起身將那斜懸著的蜂虎鳥，一把拉下，於是它固定在牆上的最後憑藉就脫落了。

「牠應該有一個面對天空樹木的所在了！」

「我現在什麼都不怕了！我可以做任何事情了！噢！」收起眼淚，她兩手做飛翔狀，頭髮更像烏鴉翅膀了。（潘人木，2001）

秘密花園裡的靈魂終於得到了自由的翅膀，就像自主的知更鳥與小夜鶯，即使是照片上的鳥，也要掙脫紙張的枷鎖，展翅翱翔。此時天上有麗日，地上有積雪，麗日積雪兩相輝映，心頭的積鬱也消失了。

## 公主變老鼠

可是麗日並不會維持太久，童話故事裡照例有個壞女巫，她灑下暴風雨般

的魔咒,使得《綠野仙蹤》裡的桃樂絲迷失了方向,稻草人失去了智慧,錫人找不到他的真心,最諷刺的是,獅子缺乏勇氣。

初春時節,葡萄架旁積了一大堆雪。自從大遊行以後,工友們再不理會清潔的工作了。就在同樂會曲終人散,大家準備迎接下一次更為擴大的活動期間,有一天清晨,人們發現一個十分高大的雪人。它雄糾糾地站在葡萄架旁。這個大雪人大得半里外也可辨清他的面目——酷似長德坊肉鋪那個掌刀的胖子,就因為彷彿是按照活人塑的,看來尤覺可怕。夜裡,尤其是在月光下,看起來倍覺驚悚。它的地點選擇得恰好,早上和白天陽光都照不到它,只在太陽下山的時候,投影在它的左額上,留下一些樹枝的影子,好像一隻灰色的巨掌,正撥動它的眼皮,彷彿用陰森森的口吻說著:「睜開眼睛吧!」

這雪人真正可怕的地方,是它手裡握著一把「雪亮」的刀子。不只一夜,不只一次,不只一人,當秘密集會有什麼驚人的決定;當戀人們正想說句深情的話;當時人們對著枝椏編織靈感,或當賭錢的同學正擲下最後一堆賭注……,據說,總會不知不覺想到那雪人,彷彿它就在身後站著一般,使人索然無緒,感到一切嗒然窒息。甚至有人說,當你看那雪人時,它的眼珠朝下看;當你不看他時,它就瞪著眼睛在望你了。最恐怖的謠言說它會跟蹤。有人獨自走路經過它,曾聽見它柔軟的腳步,並且看到月光下一個龐大的影子。

那些日子,惡魔支配著、驚嚇著人們,彷彿長德坊胖子手中那雪亮的快刀,倏的一聲,把肉切得比紙還薄。這壞女巫的使者、討厭的傢伙是誰塑的?為什麼我們不去推倒它?太陽怎麼正好照不到它?這些問題既無人敢問,也無人能答。因為風聲鶴唳的局勢中,誰若是對

玫瑰在她如此盛開的時候

某一問題特別關心，都可能引起兩個敵對陣容的紛爭。

這樣一個巨大的惡魔，躲在人們心底，成為一道陰影，那是小孩長大之前，心靈所負荷的無情壓力。

「你啊，你的感情像一樣東西。」

「像什麼？」

「那雪人！喜歡躲在自己的陰影裡，一露光，就化了。」（潘人木，2001）

後來，雪人倒了，蓮漪的感情卻依然躲在冰雪的王國裡，假裝自己是那洋裝書"My Story"裡自尊高傲的小公主，輕易不肯露出對於愛的渴望與追求。因為她的對手正是以黑影裡的強光為藝術手法，塑造出來的游曳與曖昧的剪影。

積露在笑。她丟下吸了三分之一的香菸，過猛地一踩，熄死腳下，仍是微微一笑。她常常笑，這樣的笑能夠遮掩一切，回答一切，包涵一切。於是，笑就是她最漂亮的財產。

沈積露在笑，如此神秘而令人不安的笑，使得漣漪實在無能招架。這深情的假面具，將在她的丈夫白安過世之後，才得以揭露，她是英勇的、資深的共產黨員。

文化大革命時期的紅衛兵裝扮

　　如此神秘而令人不安的笑，使得蓮漪實在無能招架。因此，當白安與積露走在蓮漪背後時，她只有以亢奮的話語來掩飾心中不知所措的情緒。她不知哪來那麼多的話，說得沒完沒了，一路上就這麼不停地，毫無忌憚地見車談車，見馬談馬。像著了魔似的。然後她們走進書店，白安、積露也跟著進去。蓮漪掩飾不住想獲得白安青睞的渴望。

　　「你們有經濟學原理下冊嗎？」

　　「你們有貨幣銀行嗎？」

　　「你們有成本會計嗎？」

　　「你們有經濟月刊嗎？」

　　她這一連串的索求，都得到滿意的供應。但在她稍加翻閱之後，看見白安他們離開了，就決定前三種不買了，只買了最後一種，不買一本不好意思，而經濟月刊是最便宜的。（潘人木，2001）

　　而後那本付了錢的經濟月刊，竟然掉了！這難道是宿命的惡兆？

　　在校園內兩派勢力激烈地短兵相接，衝突一觸即發的時刻，白安向左右一指，在他周圍確實也有不少人。然而其中最迷人耀眼的一道強光，依然是沈積露。她毫無緊張之色，只是微笑著，深情款款地注視著白安的一舉一動。這深情的假面具，將在她的丈夫白安過世之後，才得以揭露，她是英勇的、資深的共產黨員，是代表延安調停國共停戰的副大使，一旦紅朝當政，則隨處可以見到她各種裝束的照片，而表情仍是一貫的微笑。蓮漪不禁想起：「要是沒有這個沈暢同志，我的一生將有怎樣的不同？」（潘人木，《蓮漪表妹》）她還能窺見秘密的後花園嗎？又有誰來誘引她打開潘朵拉的盒子？釋放一切的

後花園是伴隨女性成長的私密空間。

四美釣魚　楊柳青年畫

疾病與災禍，最後僅留下一絲「希望」，讓她的表姊替她好好兒地收著。

　　趙白安病危的時候，可愛而傲慢的小公主突然變成了一隻老鼠！這《綠野仙蹤》裡的田鼠女王，「長出鬍鬚了，長出尖芽了，長出尖耳朵了，長出圓眼睛了。」這樣的變形，一切只為了打探、詢問、偷聽、偷看心愛的人。原來每個初戀少女既是公主，又是老鼠！「我不齒自己，又管不了自己。心想等這件事過去，我再恢復自己吧。」小老鼠躲在牆角，每天遙望著頭等病房裡，顯要的貴賓來往穿梭。「我私心深覺與有榮焉。」（潘人木，2001）

　　白安死後，小公主並沒有恢復原來的形象，那燦爛的陽光依然背棄著她，不為她裝點絲緞長裙和金色光環。而命運之神竟將她捆紮成

一束活生生的稻草人！

　　依舊是早晨的太陽照不到的角落，令人想起當日校園裡葡萄架旁冰冷的雪人。這凝聚多少恐怖與不安的角落裡，束著一個紮實的、襤褸的稻草人，它單腳挺直，手裡執著又粗又鈍的耙子，可憐它比其他的稻草人更加愚昧。周身的小麻雀嚇不倒它，一群孩子確真有意要置它於死地。小同志們以彈弓、石頭射殺它，訓練戰技的盲童隊長「一刀飛出，正插在稻草人的腦門上。」孩子們為他鼓掌。這溫和可親的草人啊！為何總是找尋不到生存的智慧，而一再地受到致命的傷害？蓮漪驚慄萬分地跪下雙膝，希望自己是帶領稻草人的桃樂絲，尋找森林的出口，家的終點。「若我能回到家，一定立刻跪在地上，發出我最莊嚴的誓言……可是低頭一看……原來我的身上已黏滿了乾草，彷彿活生生的稻草人了。」（潘人木，2001）

　　白蓮漪帶著小瑪麗的驚嘆與興奮，環視著秘密花園裡的一切，隨後逐漸體驗到小夜鶯為真愛所付出的錐心的

像杜麗娘於官衙裡住了三年之後，偶然踏進了後花園，在青春的誘引之下，第一次發出了要求自由的心聲。
趙成偉繪

代價。因為禁不住摘採了智慧樹上的禁果，她幾番沉淪，幾度迷失。生活就像桃樂絲的紅寶石鞋，始終找不到回歸的路。她口口聲聲說要回家，但是成人世界裡有那麼多險惡、狡詐的陰魂，網住了眼前的道路。她希望沿著童話國王所指引的黃金地磚，找回成長中失去的青春、美麗和快樂，結果卻是獨自一人奔跑、仆倒、奔跑、仆倒，直到跌入煉獄。直到她的孩子在她面前滾落山崖，直到這世界完全靜了下來。

所幸，找不回青春，仍有一個人摩著她的頭髮說願意陪她度過又老、又醜、又不快樂的生活，直到永遠。終於，秘密花園裡的魔咒被解除了，他們再度打開這深鎖的荊扉，走了出來，原來花園外的世界是如此幽靜而僻寂，這兒有一座座雲霧瀰漫、聳入雲霄的山巔，每當旭日初升，陽光射向山頂時，群山瑰麗的景色便得一覽無遺。此時雲蒸霞蔚，彷彿整個世界現在才誕生。

原來花園外的世界是如此幽靜而僻寂，這兒有一座座雲霧瀰漫、聳入雲霄的山巔，每當旭日初升，陽光射向山頂時，群山瑰麗的景色便得一覽無遺。　明 顏宗·湖山平遠圖卷

## 小天地大時代

那是一罈埋在地窖裡的酒

像一段藏在心中的記憶

沉澱的悲傷

密封的愉悅

想一想微微的暈眩

到底是不飲自醉

還是回首情怯

到底是酒還是歲月

到底是歲月

還是酒……

潘人木

每回聽著這首「酒與歲月」，閉上眼睛，歷史的某一個片段便有如玫瑰綻放，而故事裡的主角也隱約重現。尤其使人無法平靜的是背景音樂裡極度歡樂、也極度痛苦的踅音，沉浸在這樣的樂聲裡，總會聯想起林語堂的《京華煙雲》、王藍的《藍與黑》，還有潘人木的《蓮漪表妹》。這些珍藏在大時代地窖裡的酒，有古老的標籤塵封住瓶口，充滿濃烈而醇厚氣息的究竟是歲月？還是酒？

初讀潘人木的文字，便輕易地染上了這樣一股微醺，朦朧的醉意令人欲語還休，徒留悵惘。有時作者在燈下校書，卻又恍如置身街頭，是台北？還是北平？穿著陰丹士林旗袍的少女，躑躅張望，那是蓮漪！這瞬間，作者說她整個人回到了半個世紀前。找間咖啡館與蓮漪對坐，好好地看看她（也看看自己的青春？）。「我倆相對，啜飲咖啡。於是我們同時聽見了家鄉鳳仙花種莢的彈裂。我們同時看見舉旗吶喊的可愛的年輕面孔。我們同時踏著烽火漫天。我們同時感受到父親塞在我們手裡的燒餅的熱…。」不久，蓮漪隱去，獨留下當年的時空。那是一段由918事變起，歷經了艱苦抗戰，直到落腳台灣的飄零人生；那是一個回眸遠望年輕時代的眼神；那是過去，也是現在。

《蓮漪表妹》令人不飲自醉，但潘人木還有另一個小小世界──《哀樂小天地》，在這裡，人突然變得清醒，但故事卻老了，起碼老了10歲。這是潘人木作品中少被提及的一部短篇集，當年由林海音主持的純文學出版社出版，書封上安靜的窗櫺披散著綠色植物，像你家我家的家常意象先由此而出。

在這個繁繁瑣瑣的小天地，有家常歲月裡主婦的忙碌與艱辛，忙著做點心，化豬油、打蛋、和麵，再上發粉……，忙著餵飽了嬰兒，又補丈夫的睡衣。生活是什麼？原來那年代的人也常搞不清，一會兒熬不過窮，埋怨公務員家庭的待遇微薄；一會兒消了氣，為了不夠體貼的丈夫卻正直守法，一家人因而能聚在一起而深感心安理得。潘人木因此這麼寫著：

「人到了哀樂中年，看著孩子的爸為了爭取學校宿舍，樂觀進取地在運動場上盡力完成校長指定的比賽，回頭卻見到那個住了七年的

大雜院，屋裡的我正在燙衣服，爐子上燒著開水，準備吃午飯了，屋外的鳳凰木被微風吹得輕輕搖擺，好像隔著窗戶和我們說話。陽光慢慢地爬上小女兒的書桌，並在那兒停留了很久。什麼是幸福？哪裡才是我們可愛的家？怎麼以前沒想到呢？」

「四十歲的女人，還有什麼不滿足的？孩子肥壯可愛，儘管淘氣，卻絕不亂動煤油爐子，先生人品好，就是腳上生了點兒濕氣，算不了什麼大缺陷。她惟獨怕夜裡側著耳朵清清楚楚地聽見絲絲絲的怪聲音，下床檢查每一處門縫和洞眼，再四下裡尋一把剪刀、一支尺，希望孩子的腳丫子不要搭出床外，掏一掏丈夫鼓鼓的口袋，提起一壺開水，衝進洗澡盆的流水洞：『蛇，你膽敢和我捉迷藏！我可不是小孩子，我現在已經四十歲了。』」

這多蟲蛇的亞熱帶島嶼啊！果然臣服於四十歲勇敢、自信的家庭主婦了。半夜裡把生日那天的日曆換掉，為的是不希望丈夫向人借錢，或索取不義之財。一早孩子們驚叫著洗澡盆裡沖出一條死蛇來，她這才意識到該掉眼淚了。生活是什麼？人到中年，尤其是對於一個女人來說，需要很大的勇氣和很多的智慧。她是哭著說的。

來台之前，潘人木曾與先生到新疆任職。塞外的風雪、馬蹄，與哈薩克人叛亂所帶來的考驗絕不亞於在海島台灣。集子裡幾篇以新疆為背景的故事，為50年代的台灣小說在鄉野傳奇之外添增了另一種異地景色。夜裡賊來了，丈夫鎖了門去報警，卻在黑暗中將小偷也鎖進了家裡！賊人凶暴地要女主人開門，「我面臨考驗了！心裡為『放他走』，『留住他』而不斷的交戰。為了我和孩子的暫時安全，應該打開門，讓他走路；但我又想，放走了他，誰知以後他還會犯下什麼樣

的罪？……在那短短的幾秒鐘裡，我想著很多事情。」直到一盆冷水在零下十二度的空氣中潑向她，歹徒像發了狂的獅子搶奪她襟懷裡的東西，才發現這些冒著熱氣的不過是小棉襖、奶瓶和尿布。這個滿臉黑鬍子的維族人俯首認罪了，因為他想起小時候，母親也這樣將他裹在懷裡。

潘人木的小天地，寫的是家常人生，卻也是寫實小說技法的精采展示，故事裡藏有一股強大的力量，不時跑出來給人沉沉一擊。如今窗外已是深秋，去年，也是在這多事的秋天，潘人木離開了人世。她從東北來，輾轉避禍到了台灣，個人即使淹沒在動亂的時代裡，她仍以橫絕的筆力、悲憫的情懷，讓我們分享了她生命裡的光與美。

（本文原刊於2006年11月25日《中國時報‧開卷》）

【參考書目】
　1. 潘人木，《蓮漪表妹》，台北：爾雅，2001年。
　2. 普魯斯特，《駁聖伯夫》，國立編譯館，1997年。
　3. 法蘭西絲‧霍森‧伯納特（Frances Hodgson Burnet），《秘密花園》（The Secret Garden），台北：啟思，2004年
　4. 法蘭克‧包姆（Lyman Frank Baum），《綠野仙蹤》（The Wizard of Oz），台北：小知堂，2002年。
　5. 奧斯卡‧王爾德（Oscar Wilde），《王爾德童話全集》，台北：大眾，1962年。
　6. 海德等著，《希臘神話故事》，台北：星月文化，2003年。
　　（本文發表於2006年11月18日，中華民國兒童文學學會「資深兒童文學作家——潘人木先生作品研討會」。）

# 第三章

## 芳心誰屬難知

### ——《紅牡丹》的前世今生

### 雲想衣裳花想容

　　牡丹作為中國古典文學中的一種特殊意象，具有濃郁的民族氣息。猶如西方崇尚玫瑰，以花露滋養愛情，遍灑繽紛的落英點染了情人們的浪漫天堂……，中國人素以牡丹為國色天香，在清代李汝珍的《鏡花緣》裡，牡丹仙子貴為花中之王，為了堅持「一枝一朵，悉遵定數而開」的信念，既不肯盲從於懦弱的群芳，更不惜得罪人間女皇。溫婉中不失骨氣的柔媚風度，令人風靡。這世界如果沒有花香雲影，逝去的時間何處找尋？那些曾經洋溢著歡愉和甜蜜的春日早晨，曾經如此美好的夏日午後，人們漂浮在馥郁的香海和千姿百態的天光雲影裡，回憶來到眼前，作家隨即捕捉了它的聲音與色彩，終於使得藝術克服了時間，達到永恆。使原本寒栗的心，因為往日情懷的浸潤，似水溫柔的包裹，而逐漸地溫暖起來。

唐代的浪漫詩人李白以〈清平調〉誦
聖：朝雲做衣裳，牡丹為容顏，賦予了
楊貴妃千百年來富麗性感的女神風采。

唐 周昉·簪花仕女圖卷

唐代的浪漫詩人李白以〈清平調〉
誦聖：朝雲做衣裳，牡丹為容顏，賦
予了楊貴妃千百年來富麗性感的女神
風采。「一枝紅豔露凝香，雲雨巫山枉
斷腸」，兩句詩縮合了〈高唐〉、〈神
女〉中的朝雲，與輝煌芬芳的牡丹。
自隋、唐到北宋，國色天香的花魁之
尊，逐步地為牡丹的悅賞品鑑加冕，猶
如梅蘭竹菊的典型文化意涵，嬌豔絢麗
的牡丹在色澤與姿態上的視覺藝術，向
世人傳遞了溫婉富貴、端莊忍情的精神
面貌。從明代徐渭到現代畫家齊白石，
「潑墨牡丹」也許神態各異，雲彩般
的變化不羈與團團緋紅的多情嬌態，氣
韻生動、華麗飽滿，卻不似玫瑰有刺傷
人。

　　《紅樓夢》第六十三回賈寶玉的慶
生遊戲是將竹雕簽桶裡的象牙花簽搖一
搖，薛寶釵笑著伸手抽出一簽，上繪牡
丹一枝，題詞曰：「豔冠群芳」，背後
還有一行小字：「任是無情也動人。」
怡紅公子耳裡聽著芳官細細吟唱崑曲
《賞花時》，口內則反覆咀嚼那一行小
字。

　　以花比人，是亙古以來的文學命
題，回顧宋人小說裡，楊妃像初夏的牡
丹，風華正盛；名妓李師師幽姿逸韻如
畫中醉了的春杏；《紅樓夢》裡的林黛
玉泛紅的臉兒壓倒了桃花；海棠詩社的
探春則是又紅又香的多刺玫瑰……。著
名作家林語堂的長篇小說，亦往往以花
喻人，收到暗示女主人公性情特徵的
修辭效果。例如：《京華煙雲》裡的女
主角——姚木蘭，即以花為名。她生而
有一種理念伴隨著她的行為處世，隨時
隨地展現脫俗的雅意。木蘭花雅潔而不
浮誇，自然流露的馨香，豈容人等閒視
之？我們沉浸在馥郁的香氛裡欣賞這位
以花為名的女主角，有時俏皮地隨興吹

以花比人，是亙古以來的文學命題。

清 改七香紅樓夢臨本

口哨、投石頭、脫鞋下水，也激賞她暢懷高歌的任情適性。林語堂多部小說中女主角，事實上是體現了作者自己對於自然美與愛情美融合為一的渴望。姚木蘭從青春到遲暮，執著愛著孔立夫，卻直到她冒著生命與名節的危險從直系總司令官手中拿到赦免令，救出立夫的那一刻，他才終於體會出她的深情，那份用生命去關懷自己摯愛的深情。

　　木蘭花的華美擁有一種低調的素雅質感，她的存在是以始終縈迴的嗅覺魅力，提醒我們含笑、夜合的嬌美可人，與玉蘭白花綠葉的完美組合。在小說裡，姚木蘭確實也有一種雅潔慧黠的獨立姿態，引人嚮往。她嫁給曾蓀亞時婚禮上的嫁妝、筵席、音樂、煙火……還有蓀亞自幼年起對她忠實的愛，使她成為高踞世界頂峰的嬌嬌女。只不過在那世人無從窺探的幽僻神祕的情海深處，她卻別有一番心思，這段與世俗的眼眸交錯而迴避閃爍、猶疑難言的神色，是作家捕捉木蘭最幽深委婉的心靈話語。跨越了《紅樓夢》的陰柔唯美，姚木蘭柔中帶剛的本色，也正是林語堂的精神化身。她/他熱愛生活，善於捕捉世間美好的事物，在媒妁之言的保守年代裡，婚後依然無拘無束地與另一半攜手遊賞御河中的芙蕖，吃小館兒、看電影，頗有《八十自敘》裡作家自我描述的生活趣味：

　　逛街就是唯一的運動，還有喜歡在警察看不見時，躺臥在紐約中央公園的草地上。（林語堂，《八十自敘》）

　　總而言之，「我要有流露自我本色的自由。」林語堂最欣賞《浮生六記》裡的芸，她和木蘭一樣懷抱著親近大自然的夢想。芸對夫婿說：「布衣菜飯可樂終身。」在婚姻生活裡，鑽營禮教的縫隙，尋找人間樂園。足跡所至，滄浪亭、太湖船，隨風品酒清歌、賞月賞花，

興致雅趣接近晚明人文性靈的藝術家
生涯，用歷史、地理、文學等豐厚的文
化底蘊來過日子，並在每個新鮮的天光
裡，讓重新詮釋眼底自然風月的靈感源
源不絕地湧現。姚木蘭也願與曾蓀亞一
同完成漁翁船婦、歸隱山林的願望，儘
管他們大多數的時光，僅是「腰纏十萬
貫，騎鶴下揚州」，然而木蘭真正覺得
生活樂趣多、意義非凡的時日，卻正是
南遷杭州，捨綾羅穿布衣，拿鍋鏟刮掉
鍋底黑煙的平靜歲月。

林語堂：「我要有流露自我本
色的自由。」

## 彷彿又回到了青春

在人的心靈隱蔽的深處，社會上
的批評是達不到的。（林語堂，《京華
煙雲》）

林語堂在對木蘭愛戀立夫的道德
評價上，曾如是說。這時他對感情的道
德觀還有一點不自覺的侷限與無形的門
框。不倫的情愛只能隱匿在內心的深
處，終身無由見天日。

倘若木蘭的熱戀發生於今日，她
會和曾家解除婚約，還我自由。但是

林語堂與夫人廖翠鳳1950年在法國坎城的親
密合照。

牡丹隨即說道:「由漢到唐,沒有一位儒家提到『理』。難道宋朝的理學家才是對的,孔夫子反而錯嗎?」

民國時期的新女性

當時古老的婚姻制度還屹立不搖,她的一片芳心,雖然私屬於立夫,自己卻不敢坦然承認這違背名教的感覺。同時,她對蓀亞的愛也從來沒有懷疑過。只是她對立夫的愛,是深深地藏在內心的角落裡的。(林語堂,《京華煙雲》)

林語堂留學德國時,曾到東部一座美麗的小城──法蘭克福,參觀大詩人歌德的童年之家,想起《少年維特的煩惱》,不禁心動神馳。維特愛上已有婚約的綠蒂,但是他不退卻。他的感情熱烈而思想高貴,他具有童真,也很有個性,他不在乎時尚潮流,不願虛偽地奉承所有未使他心悅誠服的事物。就是這一份信念在林語堂的思想裡,在他各時期的創作中,吐蕊開花。我們輕易分辨不出藝術和生活的界線,因為兩者正有機地整合,使得作品情真意切。木蘭的身上,有林語堂式的樂觀與理想性,既反映了他的思想感情,也從而折射出他的天性與時代社會的多重對話。

及至晚年寫作《紅牡丹》時,故事

的時代背景不變，作者卻已經完全將門第觀念、三從四德等教條與世俗想法，用女主人公櫻桃般的紅唇，一一駁倒。故事的開端，牡丹以寡婦之身登場，臺詞卻是抨擊守節的惡習，使得老夫子一驚非小，結結巴巴地說：「要寡婦守節是宋儒開的端。」牡丹隨即說道：「由漢到唐，沒有一位儒家提到『理』。難道宋朝的理學家才是對的，孔夫子反而錯嗎？他們把『理』字高高抬起，壓抑了人性。其實漢唐的學者並不曾這樣說過。他們甚至認為順乎人性才是聖賢所講的人生理想。理和人性應該是同一件事。都是因為理學的興起，才導致人們開始把人性看做是罪惡而予以壓制。」

牡丹的愛情觀和中國傳統主流文化中的道德觀，存在著不容忽視的鴻溝，也許林語堂將自己對西方近代思潮中有關女性解放的觀念，帶進了晚清士紳階層中新寡的少婦身上。如果是這樣的話，那麼牡丹無疑是作家思想中長期以來受到中西文化碰撞而擦出的一朵璀璨的火花。作者將自我胸中大量的思想

中國人素以牡丹為國色天香，在清代李汝珍的《鏡花緣》裡，牡丹仙子貴為花中之王，為了堅持「一枝一朵，悉遵定數而開」的信念，既不肯盲從於懦弱的群芳，更不惜得罪人間女皇。

清 蔣溥·牡丹圖

歌德

歌德故居

感情，經過提煉而濃縮在牡丹的精神世界裡。因此每當牡丹感到傳統道德壓抑得使她透不過氣時，她就用生理的衝動逾越禮教的矩度。在與梁孟嘉的戀愛過程中，孟嘉一開始便很清楚地知道：牡丹是個禮教的叛徒。牡丹也就理直氣壯地說：「總得有人甘冒社會指責的風險來完成一項創舉。人若一心非做一件事不可，他就能做到。儒家的名教思想把女人壓得太厲害了。你們男人是高高在上，女人是被壓在下面的。」孟嘉顯出驚異的神情。作為一位辭章專家和飽學的翰林學士，他想到的是，這樣有力的文句，若能寫在文章裡就好了。他希望牡丹再說一遍，好讓他銘記在心。「我說儒家的名教思想把女人壓得太厲害了。我們女人實在受不了。男人說天下文章必須要文以載道，由他們去說吧。可是我們女人可載不起這個道啊！」孟嘉不由得流露出一副賞識的神情說：「我若是主考官，若是女人也可以去趕考的話，我必定錄取你。」留德時期的那份文學的感動，少年歌德的叛逆

精神、反抗意識，又再度燃燒了林語堂的筆，而且更熾熱於以往。他一生真心嚮往的是，人性本真的自然流露。他和牡丹一樣蔑視禮教拘束，寡婦當然擁有戀愛的自由，而且要愛就得轟轟烈烈，就像維特摯愛綠蒂一樣，即使在她婚後，依然不變。

在對話中充分地表達了自我，牡丹和孟嘉的戀愛也就逐步地建立在精神與思想的基石上了。牡丹甚至用她的特立獨行開啟了孟嘉長期於禮教哺育下，重重關閉的心門。他們從鋪石子兒的黑暗小巷往船上走，堂妹的手搭在堂兄的肩上，順著泥濘的小巷沿河岸下坡走去。這一刻，孟嘉彷彿又回到了青春。他的心情已經很久都沒有這麼輕鬆放逸過了。因為在黑暗裡，一切沒有了顧忌。他覺得彷彿是和一個不知來自何方的迷人的精靈走在一起，這個精靈把他這些年來生活中的孤身幽獨搶奪而去。原來，愛本身具有掠奪性。

牡丹在往後的書信中，記下了這段心情：「愛，表露在每一次的身體力行裡。我還記得他從路旁水溝中爬上來的時候，臉上、衣上都濺著污泥點點，我感到他青春的情感與強壯的身體。我想要大笑，就因為我的一句話，他竟然跳入溝中。我至今不能忘懷。還有我們兩人散步在東單牌樓下，他矯健有力的青春步履，輕靈而迅速。他兩肩寬挺，兩臂肌腱結實，抓住我時，我竟感到疼痛。……他說，在男人的心目中，女人的性感，全在肉體上。其實在女人的心目中，男人的性感，也在肉體上。」「我想，愛情，愛情的美麗，全在熾熱的相思，尤其是分離的時候，遭遇磨難的時候，理性想像與感性矛盾互相衝突而引起心魂蕩漾、六神無主的時候。有愛情而無悲傷，有愛情而無相思，天下哪有這種事？」「愛情一定是悲劇之母，否則豈不成了淺薄

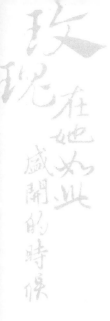

的鬧劇或家常便飯？但是為什麼是這樣呢？我也不太清楚。哪一天一定要當面向孟嘉請教。在我和他分手之後，有沒有可能再度愛他？」

　　比起木蘭對於感情與人生的含藏與內蘊，牡丹則是積極地衝破了傳統人倫分際的網羅，勇於奔向愛情的洋流，歲歲年年嬉遊於自在的浪花裡，不知所終。孟嘉和牡丹雙雙感覺到了一種難以言喻的默契，他們誰也不知道彼此的手是怎麼湊到一處的，牡丹發覺自己依偎在堂兄的懷裡，有股力量把自己抱得很緊，而自己也緊緊地擁抱對方，他們知道這是雙方互相愛慕的肢體語言，只是再熱切地相擁也不能燃盡那熾烈的情感於萬一。牡丹把臉轉向堂兄，堂兄低下頭吻她的唇，不顧一切。誰也不能再說出一句話來。這赤裸裸熱情爆發的那一刻，任何一個字都是多餘。擁吻之後，牡丹醒來，這時嗅到了原野上飄來丁香的優雅芬芳。堂兄的手指掠順堂妹的頭髮，牡丹但願這柔情似水的撫摩永無止境。「我本來愛紫羅蘭，從今天起，

林語堂樂意用淋浴、玩耍來形象化赤子之心的思想境界。

探索女性文學的綺麗世界

我只愛丁香了。……這些年我一直在尋找這種愛，這種愛才有道理，才使人覺得不虛此生。對我來說，只要我知道你愛我，就算今後再也見不到你，我也很滿足了。即使我被關在監獄裡，我的心也是自由的。」

## 好想淋一場雨

　　牡丹的愛是衝出禮教，逃向自由的必經之路。她對社會的價值標準完全不屑一顧，就好像她是從宇宙中另外一個星球上飛來的一樣。這奇女子對學問家的濃情密意，是木蘭愛立夫的激情版，也是探索林語堂思想中，女性意識與愛情觀的入口。如果木蘭的吹吹口哨、擲擲小石子已經逾越了傳統淑女的規範，那麼牡丹的趁興淋一場大雨，則再度突顯了作者樂意用淋浴、玩耍來形象化赤子之心的思想境界。

　　在某個喜怒無常的季節裡，天空飄來一片烏雲，涼風略過花園上空，白梅的花片翻飛於風中，明顯是暴雨將至。遠處雷聲已隆隆作響，而他們眼前的湖面，仍然在午後的陽光裡閃亮流麗，猶如一池金波，迎風蕩漾。他們坐在一個敞露的涼亭裡，離避雨之處還很遙遠。孟嘉說：「咱們跑去避雨吧。」「為什麼要跑？」「會淋溼的。」「那就淋溼好了。」「妳真古怪。」「我喜歡雨。」

　　不久之後，急雨的大點兒打在房頂上，打在樹葉上，聲音嘈雜，猶如紛繁的樂章。雨點兒橫飛，噴灑入亭，與陣陣狂風，間歇而來。剎那之間，亭內桌凳全罩上一層細小的雨珠兒。孟嘉卻看見堂妹欣喜雀躍。牡丹笑著說：「一會兒就停的。」但是呼嘯而來的急雨，卻劈哩拍啦不停地落下。轟隆一聲，紫電橫空。牡丹仰起臉來，閉上眼

就像她第一次看見太湖時的驚呼：「這麼
大！」這童稚的歡顏，令她的情人神往。

林語堂手稿〈紅樓夢人名索引〉

睛，讓水珠浸濕面頰：「多美妙啊！」
她說著又睜開了眼睛。孟嘉在一旁看
著她，頗覺精采。牡丹的聲音裡滿是激
動，就像她第一次看見太湖時的驚呼：
「這麼大！」這童稚的歡顏，令她的情
人神往。

　　雨沒有停止。孟嘉想起了自己的
童年，記得童年時也愛在雨裡亂跑，只
是現在已經長大，童年往事早已如煙似
夢。可是牡丹顯然與她的少女時代始終
相偕同行。唉，到哪兒去找到這麼個天
真任性的姑娘呢？

　　牡丹說：「孟夫子一定喜歡在雨裡
跑。」「你怎麼知道？」「因為他說：
『大人者不失其赤子之心。』……我這
一輩子，就希望把在書上念到的地方，
都去逛逛，要爬高山，一直爬到離天
神不遠的地方，像李太白說的一樣。」
「你真是狂放不羈！我相信你雖是生為
女兒身，卻是心胸似男兒。」孟嘉知道
他終究會失去牡丹，就像頂天立地的峰
巒，不解天邊那朵變化無端的彩雲。

　　林語堂自稱大學英語系畢業後，到

北京清華大學任教，在那國學氣息深厚的古城裡，自慚學問不夠，而
自修中文的第一步便是閱讀《紅樓夢》。影響所及，在歐洲撰寫《京
華煙雲》時，仍試圖以大觀園中的女子為藍本，至少他所喜愛的主角
木蘭即有探春理性兼具感性的折影，不過此時他的人物型塑，已經有
別於《紅樓夢》中，包括男性角色在內的一片純美陰柔風情，取而代
之的是女性形象柔中帶剛，男性角色則剛中帶柔的陰陽和諧觀，猶如
林氏向西方解說中庸哲學是一半道家，一半儒家，用以在人世間保存
人性中原有的快樂。而一切至情至性的作品莫不與作家的自敘有關，
當作家撰寫自己感受和體驗最深的生活內容時，才能夠展現自然與真
切的情意。就這樣，他把初戀情人寫進了《賴柏英》，以義母的形象

青春守寡的古典美少
婦形象，脫胎自林語
堂小時候在鼓浪嶼求
學時期的義母。

林語堂於1902年在
廈門鼓浪嶼與同學合
影。

清乾隆間程偉元刊本《紅樓夢》
繡像，賈寶玉遊太虛幻境。

任是無情也動人。 清 費以耕·撲蝶圖

摹寫《京華煙雲》裡的古典美人。從
《紅樓夢》裡的大家閨秀李紈，到《京
華煙雲》中，傳統社會裡理想女性化
身的孫曼娘，乃至於《紅牡丹》和《賴
柏英》……。青春守寡的古典美少婦
形象，在現實人生中脫胎自他小時於鼓
浪嶼求學時期過從親密的呂家義母。林
語堂探討這類小說人物的興趣，從曼娘
開始一直延伸到牡丹和柏英。他關心她
們枯澀而艱辛的處境，他剖析她們並為
她們尋找出路。他用一枝無聲的彩筆，
填補了女子因青春喪偶而褪色的靈魂。
書中描寫牡丹忘了自己還是居孀，穿了
一件白色衣裳，上面印著藍色大花朵，
在春天的陽光裡，看起來艷麗得教人驚
疑。

　　還有那日漸涼爽的初秋，牡丹則
穿著拖鞋在屋裡踏拉踏拉地走著。手裡
還拿著一個蒼蠅拍，各處尋找晚夏的蒼
蠅。在追打一隻逃避的蒼蠅時，她得意
洋洋地對妹妹喊著：「我自由了！我自
由了！你知道這對我多麼重要嗎？」

　　林語堂在牡丹身上所宣洩的情慾，

像滔滔不絕的江水，以排山倒海之勢，
酣暢淋漓地開展了女主人公的愛與夢，
是人性中自然美與愛情的共同歡唱。
牡丹為情而生，為性而活，她要打敗腐
儒，重新拾回人道與無為的理想。她對
孟嘉說：「把戴東原的思想介紹給我
的就是你。你說他對理學家的要害施以
無情的攻擊。我很想找他論孟子的文章
來看。你認為他會引人重新回到儒家的
學說嗎？」「當然他會。戴東原研究孟
子，所以他認為人性與理性之間並沒有
必然的衝突，人是性善的。」

## 女性的秘密在後花園

女性的秘密在後花園　清 陳枚‧楊柳蕩千

作者晚年筆端的奔騰氣勢，實際上
也超越了《京華煙雲》，尤其是表現姊
姊牡丹與妹妹素馨的意志與命運的對照
效果上，比木蘭和莫愁更鮮明地體現了
作者人生經歷中多重文化哲學在其靈魂
深處的碰撞與衝突，乃至必須面對而予
以抉擇的處境。而林氏長篇小說中的姊
妹對照情結，或許也反映出林語堂腳踏
中西而逐步走出的「一捆矛盾」。

《驚夢》，浙江崑劇團，張志紅飾杜麗娘，陶鐵斧飾柳夢梅。

在《京華煙雲》裡，莫愁比姊姊幸運的地方，如同《紅牡丹》裡的素馨，她們有中國人安身立命的本能，在婚姻與愛情上能夠以漸進的方式，與人生各面向融合協調。林語堂說：我是結婚後才開始戀愛的。這沉穩樸實的古老中國，化約在素馨身上的形象是：穿著一件灰藍的衣裳，上面繡著細美的素馨花兒，自己立在鏡子前仔細端詳。素馨的吻，總是那麼甜蜜，但是並不像牡丹那麼狂熱。素馨永遠是那樣兒，每逢宮廷中有集會，她總是把自己打扮得教人一看就顯眼出眾。不僅自己要覺得如此，也要讓別人覺得如此，教人知道贏得一位單身名作家情愛的，就是她這位小姐。

林語堂說：「素馨好比靜美的西湖，而姊姊就像是任性的錢塘江。」姊妹之間截然不同的個性就像：八月中秋奔騰澎湃的錢塘江潮，是不能引起西湖上的一絲波紋的。事實上，素馨比姊姊小三歲，也是個完全成熟的女子，關於女人的何事可為，何事不可為，何話當

説，何話不當説，這一套女性的直覺，她完全有。但是做母親的仍只是一味地偏愛牡丹，彷彿在牡丹的冒險生活裡，她又把自己的青春時代重新活過一次。她做的每一件事情都傳達了這種傾向，特別是她所極力經營的那個小小的後花園。

這女性秘密的後花園，隱藏了多少閨情幽思！《牡丹亭・驚夢》一齣純屬女性的內心戲裡，春香説道：「是花都放了，那牡丹還早。」杜麗娘難耐牡丹遲開，而發出強烈的嘆息：這遲來的青春與愛情啊！《牡丹亭》以高唐神女為青春幻影寫真，以復甦人欲為訴求，創造了性愛女神──杜麗娘。在《紅牡丹》裡，孟嘉發現牡丹似乎把《牡丹亭》讀得很熟。牡丹則回答説：「我十三歲就看了。」作者以孟嘉的慧眼照亮了眼前這對姊妹的情愛本質。他對素馨説：「妳的看法是客觀的。看愛情從外部來認知它的樣貌，而你姊姊則是進入到愛情的內在去感受它。」素馨的確是掌握了「君子之道造端夫婦」的家庭倫理觀，因此面對談論愛情這話題，她以賢慧穩健的態度坦然地説：「天下有詩以前就有了愛情。《詩經》上有好多愛情詩。開頭就是説文王與妃子的愛情。有生命處，即有愛情存在。要點是看最後怎樣個結局而已。」如果説，素馨的愛情觀是「詩經」的愛情觀，那麼牡丹的情慾世界則無疑來自《楚辭》以降，尤其是〈高唐〉、〈洛神〉系列中，別具一格的浪漫文學傳統。

## 除卻巫山不是雲

在神話世界裡，牡丹與巫山有著神秘的連結：傳説西王母最小的女兒名叫瑤姬，她的美麗和聰明深得父母及眾人的喜愛。王母欲保護

《尋夢》，浙江崑劇團，張志紅飾杜麗娘。

湯顯祖像，清道光年間陳作霖繪。

瑤姬不受風吹雨打，因此不允許她隨興遊玩。（就像杜麗娘不被允許到後花園、洪牡丹不可以在人前唱歌一樣。）但是瑤姬寧願忤逆，也要暢懷地享受瑤池外的大自然風光，並盡情地歌唱及跳舞。瑤姬身旁有一群侍女和侍臣，他們經常悠遊忘情地徘徊在巫山上空。有一天忽然望見巫山一帶天昏地暗，飛沙走石，惡龍正在興波作浪，瑤姬轟雷施罰，卻讓龍骨堵塞了長江，江水匯積三峽引致水患。大禹聞訊趕來，指揮疏洪，卻因山高石堅，水勢猛烈，而治水無效，正在苦無對策之際，瑤姬主動地提供了黃綾寶卷，書中記載了疏渠的方法，更有驅使虎豹、制服蛟龍的秘訣。瑤姬的求愛與大禹的退避，使她化作傷心而美麗的牡丹，又有一説是化為一座獨立的神女峰。

巫山神女成為中國情慾美的象徵，《牡丹亭》第一齣〈標目〉即云：「有夢梅柳子，於此赴高唐。」往後的關鍵場景，如：〈驚夢〉、〈尋夢〉、〈寫真〉、〈幽媾〉……等，則基本上都以

巫山雲雨作為譬喻以進行歡會的書寫。
例如：〈驚夢〉云：「行來春色三分
雨，睡去巫山一片雲。」湯顯祖將巫山
神女的性感與情慾注入了杜麗娘含苞的
內在核心，也用遲來的牡丹寄託了她的
傷春情懷，讓她朝朝暮暮期盼「雨迹雲
蹤才一轉，敢依花傍柳還重現」，只可
惜「昨日今朝，眼下心前，陽台一座登
時變」。牡丹花的豐美揉合了巫山雲雨
的繾綣，在《紅樓夢》裡，除了冷香丸
的主人薛寶釵，因如雪的手臂上籠著御
賜的紅麝串，使得寶玉不得不為這如此
醒目的美而心神盪漾。更有鮮艷嫵媚、
風流裊娜的秦可卿，在那聞名的第五回
裡，親自展開了西施浣過的紗衾，移了
紅娘抱過的鴛枕，在描繪楊貴妃多情撩
人的海棠春睡圖畫下，引寶玉入夢，啟
動了他最敏感的情慾神經。

　　《紅牡丹》的譯者張振玉認為這部
作品中過於理想性的畫面之一在於「牡
丹之美，人間能有幾人！」她白皙柔嫩
的臉龐、黑長的睫毛、挺直的鼻樑、濃
郁美好的雙唇，端正的下巴……，曾經

牡丹之美，人間能有幾人！
《尋夢》，江蘇省崑劇團，王芳飾杜麗娘。

《寫真》，江蘇省崑劇團，張繼青飾杜麗娘。

是多少男人好奇想望的對象。她死去的丈夫費庭炎的同僚們，就是為了爭睹她的丰采，才來弔唁的。更遑論，梁孟嘉失去她之後，所生的那場大病，幾乎垂死，即使病癒也恍如隔世。白薇為牡丹辯護：「男人們迷戀她。那不是她的過錯。她長得那麼美。」「不錯，她的美氾濫成災。她比好多女人美，也比大多數女人勇於濫情。」這花容月貌爛漫得失去了邊際，是《牡丹亭》裡埋下的前世宿命。〈寫真〉一齣極力描摹杜麗娘具有高唐神女的容貌：「蜀妝晴雨畫來難，高唐雲影間。」她在夢中自薦枕席，又化身為鬼魂與柳夢梅私奔，其纏綿不盡的情韻則如同朝雲之入楚王夢。杜麗娘賴以發展原始情慾的內在基因，還有繼〈高唐〉、〈神女〉之後的又一性愛化身——〈洛神〉。原來杜母姓甄，書中明言：「魏朝甄皇后嫡派」，她是「甄妃洛浦，嫡派來西蜀」。湯顯祖自覺地將《牡丹亭》裡的女主人公塑造成自《楚辭》系列裡浪漫性愛女神的嫡系，以有別於《詩經》以下的儒家道

探索女性文學的綺麗世界

統觀。因此木蘭與莫愁，乃至於牡丹與
素馨，既為親密好姐妹，卻又同時向讀
者呈現了異樣的生命風情。

梁孟嘉說：「妳像《牡丹亭》裡
的杜麗娘。妳是那一等人物。」牡丹覺
得有趣，微笑不語。能夠和《牡丹亭》
裡的女主角相比，牡丹聽了心裡很舒
服。因為這是一本以愛情克服死亡的
好戲，也是牡丹很愛看的書。她喜愛杜
麗娘的傻，喜愛她的太多情與太癡情。
張振玉說：「本書寫寡婦牡丹，純系自
然主義之寫法，性之衝動，情之需求，
皆人性之本能，不當以違背道德而強行
壓抑之，本書之主題似乎即在於是。」
故事以牡丹不幸喪夫的祭禮開始，歷
述女主角在情與欲的需求中，先後與堂
兄孟嘉、老情人金竹、拳術家傅南濤，
以及詩人安德年相愛，為了追求自由與
獨立，離開了過於斯文儒雅的孟嘉，投
入武術家的懷抱，又因南濤坐牢，及得
知金竹病重的消息，而南下杭州，在輪
船中與一位大學生發生戀情而共眠。金
竹逝後，她傷痛過度卻也反璞歸真，希

日本岩波書店於1981年由松枝茂
夫翻譯出版的《浮生六記》。

明 陳洪綬·崔鶯鶯

望能就此隱居……，林語堂繼《京華煙雲》之後，再次通過藝術形象，將他立足愛與美，終至逐步回歸自然的人生觀照，演繹出來。

從朝雲、洛神到杜麗娘，這一系輕盈豔冶、美貌異常，並且主動追求性愛的女性，像環鏈般彼此攜手相連，直指戀愛的核心在情慾的滿足，「妾千金之軀，一旦付予郎矣。勿負奴心，每夜得共枕席，平生之願足矣。」杜麗娘不願籠統地泛談「情」，她用性愛充盈人欲的內涵，據此以批駁禮教。《牡丹亭》的思想文化因而明白道出情的根本就是「欲」。杜麗娘的母親是性愛女神的後裔，洪牡丹的母親也不由自主地偏袒著浪漫不羈的女兒。杜麗娘的父親卻是代表儒家道統詩聖杜甫的後代，而洪牡丹的父親也同樣地拘謹，不准妻子女兒開心地賞花唱歌。她們身上流著雙親的血液，時而為理教所壓抑，時而還原了自我本性。在婚戀道路上的抗爭，形成了是人欲與禮教衝突的時代縮影，也是自遠古以來，人與自然從融合無間到逐步

崩離的具體表徵。

## 你懂不懂愛情？

　　這禮教與情慾在血脈中的衝擊，同樣擾亂困惑著另一位宦家千金崔鶯鶯千回百轉的心。《西廂記》將這教養良好的自尊自重，與熱切盼望大膽求愛的雙重人格心理，作出精細的鋪陳。正好為神女與洛神，這兩位形象朦朧，態度曖昧的女神心思，抒發了女性情愛意識在天平兩端擺盪的心理揣摩。在《紅牡丹》裡，張生與雙文的艷史也是牡丹的背景知識。孟嘉説：「你知道為什麼在愛情故事裡《西廂記》最受人歡迎？就是因為偷情。別人不敢，但是鶯鶯敢。這其中有一種天不怕地不怕，不顧一切的任性。認真説起來，一個成長的小姐偷一次情又有什麼不對？她若正式訂婚，合法嫁了丈夫，與丈夫正式效魚水之歡，那個故事就提不起讀者的興趣了。愛情總是要衝破藩籬的。」牡丹也以同情的理解語氣説道：「她青春年少，是隨時會發生男女情愛的時候兒。你想她和寡母住在荒郊古寺之中，從來沒遇見一個像樣的青年男子。張君瑞的出現，正合乎她少女的心願。她就傾身相許。即使她那時的行動純粹是熱情，或完全是肉慾。但是因為她年輕，很年輕──我想那時候兒她是十九歲。我們憑什麼去批評她？」

　　孟嘉對這位堂妹的理解，也正是如此。他知道現在的她，也正當愛苗滋長的青春年華，猶如朝陽的初旭點染了剛剛綻放的玫瑰花瓣兒。他認為牡丹在她現在二十二歲的時刻，已經到了女性充分覺醒的時候兒了，而很多女人在三十歲時居然還沒有意識到。不過她的愛卻顯得尚未真正成熟的樣子，只是表示青春女性純粹的強烈追求而已，

對於經驗豐富，美感度更高的性的享受，那種極致的精美，她還不真正懂。她現在只知道男女之事，而不知道其間的藝術。譬如飲酒，只知舉杯一飲而盡，殊不知尚有細飲慢品的境界。

　　孟嘉也發現牡丹有才氣，能寫字做文章，卻不耐煩把一本書從頭到尾讀完。但是他仍然欣賞牡丹言必己出的獨創心靈，他知道一旦她有了豐富的思想和經驗，她就會突破常軌藩籬，同時也會離他遠去。「這是妳的個性。我不希望妳有所改變而失去了本來的面目。儘管從我第一眼見到妳開始，別的女人都與我風馬牛不相及了。天下只有一個牡丹，獨一無二的。或許有人長得像妳，但是她們沒有妳的聲音、妳的心靈，和妳的生活態度。」「我的生活態度如何？」「就是妳全部個性的表現。妳坐的樣子，妳站的樣子，妳移動的樣子，妳的手垂在左右兩邊的樣子，走路時的抬頭，妳對人生的看法，妳對美滿人生的尋求，妳對美滿人生的渴望……，還有妳的熱情，妳的任性不肯節制，以及

林語堂以打造偶像的方式，讓整部小說專為一人賦彩。

妳的成熟⋯⋯。」

　　林語堂以打造偶像的方式,讓整部小說專為一人賦彩。在她的世界裡,只有愛情,能使生活美滿。因為在現實週遭有許多醜陋的、痛苦的事。多少渴求的眼光,在盼望著幸福和滿足。而林語堂所生活的時代,更有許多屠殺與仇恨。他希望人能憑著想像重新創造生活,把對生活的想法表現出來,然後就可以與殘酷扭曲的真實生活拉開一段距離,再基於對藝術的愛,進而將醜陋與痛苦轉變成賞心悅目的美。

　　牡丹臉上的渴望,曾經在某一瞬間,掠過抑鬱的陰影。她得到遠方飄來音樂的暗示,輕輕地哼著曲子,並且在辭句中間的空白處,「啦──啦」地為自己伴奏。這瓣月下皎潔如玉、紅豔凝香、浸染露華的花影,從巫山楚王的殿堂上飄忽而來,在沉香亭北與明皇共舞一段,隨著杜麗娘的一縷芳魂遊賞了頹敗的後花園,輕輕點過薛寶釵的蘅蕪院,最後停落在林語堂的心靈扉頁裡,她是孤單的,也是永恆的。

　　小說結尾處,我們彷彿又回到了遠古的巫山之上,陽台之下:早晨的太陽偷偷兒爬上了山峰,在寂寞無人的山谷間,照出片片的光影。露水在楓林和柿子樹上閃耀。山谷中隱僻的地方還有一層迷濛的晨霧籠罩著。那是個奇異的世界,人好像又回到了原始的洪荒時代,正像茫茫大地上僅有的兩個人。牡丹輕輕嘆了一口氣:「你懂不懂愛情?那才妙呢。」

## 優雅的老化含有一份美感

　　許多人喜愛用林語堂在〈自傳〉中的一副對聯:「兩腳踏東西文

林語堂與畫家張大千於1967年在台北會晤。

化，一心評宇宙文章」，來綜括他的一生。而更多人則是熟稔於他的「幽默文學」。這些誠然都是林語堂之所以為林語堂，最精彩的地方。而我卻願在此提出我對林語堂的認識，那是因為我來到這裡，已歷經了一輪夏、秋、冬、春。對於林語堂故居的一草一木、一桌一椅，無不懷有深情。因而對林先生的認知，也就比一般人所了解：「偉大的語言學家」、「優秀的學者」，乃至於「成功的作家」外，更多了一份生活上的體會。

觀察一個人的生活空間，可以感受到這個人對於生活的體驗。我在林語堂所設計的居家中，的確看到了他的願望：宅中有園，園中有屋，屋中有院，院中有樹，樹上有天。我看到一個對生活興味盎然的老人，在這裡實現了他年輕時許下的夢。他是個自然不矯飾的人，他的屋子，是他理想生活的落實，不是供人參觀的樣品，所以他說：「我要一個自己的書房，可以安心工作。」「我想一個人的房間，應有幾分凌

亂，七分莊嚴中帶三分隨便，住起來才
舒服。」七分莊嚴與三分隨便，就是林
語堂為人最具代表性的形象說明。他不
要他的家乾淨得像齋堂，他想在這裡聞
到菸味、書味和各種不甚了了的氣味。

我想他是一個真正懂得生活的人，
他的心靈是充實的。因為唯有空虛寂
寞人，才會用華貴的裝潢和纖塵不染的
潔癖來掩飾內心的貧弱。我想他是一個
真正自由的人，而且他深知自由的難能
與可貴。他不為金錢所羈絆，為了一
圓中文打字機的夢想，可以散盡家財。
他一生不做官，這對一個隨時有做官
機會的人來說，尤其困難，但是他輕易
做到了。然而他一生最得意的一件事，
應該還是他自己所說的：「我始終沒有
寫過一行討好權貴或博得他們歡心的文
字。」

在他逝世二十七週年的時刻，我願
推薦《八十自敘》這本書給喜愛林語堂
的讀者。這是他一生最後一部自傳，書
中從措辭到內容，無不展現出林語堂人
生智慧的圓融成熟。孔子說：「七十而

林家三姊妹於1940年代在紐約合影

玫瑰在她如此盛開的時候

從心所欲不踰矩。」林語堂雖不見得是儒家的信徒，然而他在八十歲時所寫下的文字，卻正是既隨心所欲，又自然合度。生命展現到哪裡，哪裡便是「道」的境界。他說他是「一捆矛盾」，他愛中國，但批評中國比任何人來得坦誠；他也仰慕西方，卻同時瞧不起西方世界所謂的教育心理學家。這時候的林語堂，喜歡古怪的、幻想高妙的作家，卻又同時擁抱現實生活中的常識。他欣賞文學，也欣賞漂亮的村姑，對於地質學、核子、電子的興趣，並不亞於音樂、美勞和捏泥巴。他愛辯論神學，也愛陪孫子吹泡泡。他說他看不起一切學院術語，那是：「缺乏精神了解的掩飾之道」……。

　　這一本薄薄的小書，包含了太多啟發年輕人智慧的警語，那份林語堂晚年思想成熟達於顛峰後，才能散發出的獨特光芒，並不是一般作家、學者輕易所能企及。說它獨特，那是針對書中許多看似矛盾，卻又確實融合於林語堂一身的諸多事項，沒有走過長長一生的人，

林家母女於1940年代在紐約合影

　探索女性文學的綺麗世界

無法道出生命本身就是「一捆矛盾」。他在〈年華漸老酖酖生命的旋律〉中提出「早秋精神」，我想足以代表他晚年心境的轉化。他說：

自然韻律有一道法則，由童年、青年到衰老和死亡。優雅的老化含有一份美感。我愛春天，但它太嫩了。我愛夏天，但它太傲了。所以我最愛秋天，因為秋葉泛黃，氣度純美，色彩富麗，還帶著一點悲哀的色調，以及死亡的預感。

晚年的林語堂，選擇了台北近郊，做為一生句點的所在，他的一生曾經歷過無邪的春天，也走過權威如夏日，來到這裡使我們有幸體會到他晚年成熟而溫藹的智慧，如今他已休息，而我們仍在他的園中，看到代表生命力量的翠綠，象徵滿足的橘紅，與人生不免認命與

林語堂夫婦於陽明山居所合影。

林語堂的外孫女黎志文
於1954年在新加坡留影

黎志文、黎至怡姊弟於1956年合影

死亡的靛紫。一陣陣清涼的山風吹來，落葉隨風飛舞，老作家曾在這裡寧靜地寫下最後一行輕輕的軌跡。

（本文原刊於2003年5月20日《聯合報副刊》）

## 父與女

林語堂過世後，林太乙女士曾説：有好久好久，我都不能接受父親逝世的事實⋯⋯。

作為中國近代最傑出的文學家第二代，林家次女對於父親最深的懷念，與其説是他身後留下的任何一篇佳構，毋寧説是在人生的道路上，爸爸帶給女兒所有新鮮的體認和心靈的饗宴：「父親一直在教導我們，向我們指出宇宙的奧妙，説我們活在充滿不可思議的美麗世界。」在夜晚的花園裡，林語堂帶著女兒探尋燈光下的蜘蛛網。「蜘蛛本能地會結網，在花園裡，它一點都不髒，為了捕捉小飛蟲，它有黏性，又不容易為小蟲看見。妳説妙不妙？」那晚，女兒小小頭腦裡牢牢記住的是，「美麗的

蜘蛛網」。美，就是一樣東西在她應該在的地方，發揮了她的功能。
林家在九江廬山避暑時，父女一齊數著星，將宇宙間，人無法想像的
故事，用最貼近孩童的語言，一一說盡。有時他們也在傾盆大雨的午
後，赤足於急流中，放下摺紙船。一身溼透的父親，大聲問道：「好
不好玩？」人們最初所認識的世界，無非源於父母親的詮釋。而林太
乙心中永遠的父親形象，便是一個美麗新世界的啟動者。

　　「世界是屬於藝術家的」，林語堂如是說。藝術家包括了畫家、
詩人、作家和音樂家……。透過他們的想像力，這個世界才有光、有
色、有聲、有美。否則，這也不過只是個平凡為求生存的塵世。林語
堂確實是一位生活家，他所認識的藝術，含有一份人文之美，他告訴
我們，生命中最緊要的相互關係?，男人、女人與小孩。這三者間互
動所產生的智力，就是生命的哲學。他的夫妻情好，是在烹茶煮酒、
人情往來之間圓成。在他眼中，女人比男人具有更深的生物性感覺，
也對於整體的生存具有支配力和中心解釋的特質。於是，他樂於作一
枚輕氣球，在無窮的學問之旅上，攀登蘇格拉底的高峰，潛入老莊
孔孟的大海，在古教堂、舊式傢俱，以及版子很老的字典裡發掘探險
的奧秘。而拉住這枚輕氣球的，正剛將廈門肉鬆和米粉烘炒得香噴噴
的廖翠鳳。當林語堂說，豬腳好吃，但是會黏住嘴脣的時候。他不僅
從學問的探索之旅回到了餐桌，同時也從空心的智力上的喜悅，回到
了實在的體恤百物的悲憫。林太乙形容自己的父親是「廖翠鳳迷」，
「母親燒飯的時候，有時他站在旁邊觀賞。」他說：「大家都要聽媽
媽的話。」當然媽媽要他離開廚房的時候，他也就乖乖走開了。女兒
同時也描繪了自己的母親：「嫁給父親好像騎上了旋轉木馬，起伏不

停，四周有音樂，有笑聲，她也漸漸變得和他一樣，覺得生命是神奇的。」林語堂認為：「不論哪一種文明，它的最後測試即是它能產生何種形式的夫妻父母。」原來藝術的價值，不是為了誇耀才情，而在成全世間無數的夫妻父母。愛情因而不再孤絕於你我相對之間，也不僅是一瞬間爆發的火花。於「布衣菜飯，可樂終生」的信念裡，展現相稱而理想的搭檔生活，是父親給女兒的另一堂課。

當年林太乙懷胎女兒妞妞的一個午後，父女又來到花園裡曬太陽。這時園裡有棕櫚、九重葛、紫玫瑰和杜鵑，蜜蜂翁翁地嬉鬧著。想到父親年事已高，女兒突然擔心人死後不再有生命。語堂卻堅定地說：「你看這花園裡處處有生命，大自然是大量生產的。有生必有死。那是自然的循環。」腹中胎兒正在形成，那說明時間無法停止。林家父女認為，生命有童年、壯年、老年，如同一天裡的清晨、中午和黃昏。不能說哪一個時段是好的，只能說在各別時節裡，都有美好的事物。林語堂只願兒孫都按照生命的時序來生活：「只有狂妄自大的人，或無可理喻的理想家才會究詰我們可以渡過和詩一樣美麗的一生。」

如今林太乙也走了。綿延兩代的文學世家，如流星閃逝。我們無須感到淒涼，因為他們早已說過：「我們知道終必一死，像燭光一樣熄滅。這是非常好的事。這使我們冷靜，而又有點憂鬱。不少人並因之使生命富於詩意，但最重要的是：我們雖然知道生命有限，仍能決心明智地，誠實地生活。」

（本文原刊於2003年7月30日《聯合報副刊》）

## 塵世是唯一的天堂

林語堂在他的成名作《生活的藝術》一書中説，「幽默」是一種心境，也可以説是一種人生觀。西方人製造了幽默這個詞，卻不一定在生活中展現它俏皮的一面。為此，林語堂舉了一個例子説明，中國人更能熱切地領悟人生是一場幽默劇。四〇年代，國民政府曾經禁止各部會在上海租界區內，設立辦事處。面對這一項伸張愛國的命令，南京各部長雖説殊感不便，卻沒有人公然反抗，也不呈請重新考慮。他們眉頭一皺，計上心來，將駐滬辦事處的招牌換成「貿易管理局」，如此只消二十塊大元，就可以保住飯碗，又不失面子。反觀洋人在華設立的教會學校，一日，收到當局命令：辦理立案登記、取消聖經課程，以及懸掛中山遺像。這些西籍校長，卻因此不是萌生停辦之意，就是未嘗完成登記。

上述情形，當然只能算是末世中理想主義者的毀滅式狂笑。某些自由主義

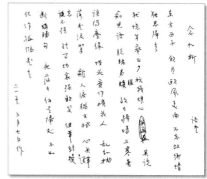

林語堂手稿〈念如斯〉

林如斯

者往往相信本國是最壞的國家，他所生活的社會是最壞的社會，而他依然在此行住坐臥，怡然地在這裡的餐館照單點菜。這樣的生活，本身就需要一點幽默感。只是無論政治或生命，終有結束的一天，回顧那些曾經深愛人生的古代中國人，在滅絕了永生的渺茫希望之後，將熱情傾注到此刻還未消逝的塵世間，把這個世界改造成令人歡娛的天堂。「浮生若夢，為歡幾何？」生命的修短隨化，使我們嗟悼，使我們清醒，更重要的是，它同時讓人感受到一些詩意。中國人在享受生命的樂趣時，下意識地傷情於好景不常，於是想在現實環境中，運用明慧的心靈之泉，灌注出一朵朵幽默的鮮葩。林語堂稱其為亞洲式的知足和悠閒。「丹經慵讀，道不在書；有琴慵彈，弦外韻孤。」性愛慵閒、隱逸多適的人說：「晚食可以當肉。」他們的物質生活簡樸，情感和精神卻很豐富。只要有一點藝術家的心情，去消遣一個閒暇無事的下午，留心「江上清風」與「山間明月」，其實浪漫主義者所費不多。

　　許多人以為「幽默」等於滑稽或詼諧，林語堂僅承認它們是最普通的一種。除了行文、處世的趣味性之外，幽默一詞所呈現出的生動美妙，在於風雅的逸致和寬宏平和的氣度。那是文學與哲學的潛流，在我們短暫而敏銳地透視人生時，所激盪交織而出的近情合理的人生態度。它提醒了我們，文明的現代人與大自然的脫離乖隔。在〈論石與樹〉一文中，林語堂指出西式風格的花園，每將花樹剪成圓錐或字母，不容許高矮參差，猶如軍校操練時，刻意突顯的勻稱、光榮與權力。其實人類另有一種對園石的領略，它來自天然的拙皺和不彫之樸。最好的藝術作品，都在不露斧鑿之痕的自然結構中，呈現玲瓏活

潑、行雲流水之美。這是寧靜與獨立的幽默心靈，在枝之奇緻與花之
芬芳中，所感受到大塊無言的風韻。

　　林語堂引用張潮的話說：「藝花可以邀蝶，壘石可以邀雲，栽松
可以邀風，種蕉可以邀雨，植柳可以邀蟬。」中國人對此平生之樂，
其實都來自於動植物本身的快樂。鄭板橋也說：「欲養鳥，莫如多種
樹……，睡夢醒，聽一片啁啾如雲門咸池之奏。」於是快樂的原理，
不緣於燦爛的學理，而是在圓熟本能的智慧下，對尋常平凡世界的興
趣與觀察，從而產生愉快的精神與慎重的理性。「因過竹院逢僧話，
又得浮生半日閒」，幾株盆景，一輪明月，人人可得而有之，我們便
將愉悅如小鳥。在這裡，我們的感官扮演著關鍵性的角色。唯有運用
觸覺、聽覺與視覺各方面的敏感度來勝任愉悅的舒態，我們才不會失
掉人生正面歡樂的能力。誰說感官的無憂不與崇高的美感產生親密關
係？

　　「我所認為真快樂的時候，例如在睡過一夜之後，清晨起身，吸
著新鮮空氣，做了一會兒深呼吸，胸部的肌膚便有一種舒服的動作感
覺，感到有新的活力而適於工作……；或在一個夏天的下午，天邊擁
起烏雲，知道一陣七月的驟雨就要在一刻鐘內落下來，可是雨天出門
不帶傘，怕給人看見難為情，連忙趁雨未降下的時候，先跑了出去，
半途遇雨，淋得全身溼透，告訴人家，我中途遇雨。」快樂的時刻一
方面難以企求，另一方面又在深深呼吸與全身溼透的時候，神秘地、
輕靈地撒滿我們全身。林語堂式的純真與樂天，像是一個房間裡的空
隙。如果一間房裡堆滿了東西，沒有絲毫迴旋的餘地，便會使人感到
不舒服，又好比過於勞碌不得閒暇的人，絕不善於悠遊歲月。文化與

藝術本來就是悠閒的產物，能夠在圓融、俏皮的思維下，體現樂天知命的藝術生活，那是受教化最深的人。

因此，幽默的生命形態純粹來自修養，我們也可以稱其為涵養工夫。永遠想要將鎮壓對方，致使兩方鬥爭不息，而持續艱苦奮鬥的人，腦袋兒從未稍稍安枕，是故也就不能體會涵養的妙處，於是徒然歎息幸福的脆弱與快樂的流失，如此，文化與文明的程度將只退不進。林語堂說：「幽默的情境是深遠超脫，所以不會怒，只會笑。」

幽默的人每每含有憐惜之意，光火的時候，氣燄不會太盛；諷刺的時候，語氣不致太辣；滑稽的時候，不是為了鬥勝。他撇開禁忌，一無掛礙，說兩句合情合理的話，便能夠用自己的胸懷去牽動他人的心靈。如此淡入人心，參透道理，才使得我們的文化、生活、文學與思想得到浸潤，人心不趨於虛偽，生活不需要欺詐，那麼文明的成就才能表現在藝術、哲學、文學，與實際生存等問題上，使我們的生活走出苦笑、狂笑與傻笑，得到最富於情感的會心的微笑。

（本文原刊於2005年6月，台北市政府公務人員訓練中心《公訊報導—幽默與人生。》）

## 家，是自我的延伸

傍晚六點鐘，道途中川流不息的璀璨車燈，如墨色絲絨緞上的鑽鏈，經緯有律地交織在色調昏黃朦朧的街道，形成幾分輕薄毛料質感的貴族格紋圖案，令人想起蘇格蘭風的英倫品牌。城市舞台依舊上演著陳舊戲碼，繁華勝景無非話說奢華二三事，然而精工戲衣卻是令人流連，不捨離去：一身異國綢料套裝，儉約俐落無任何配飾的雲頂上

班族;自然棉紗皺摺,全身散發手工質感的學院派;流波似的動感金屬腰鍊,環繞於細肩帶背心與牛仔褲之間的街頭旅人……。

　　走出克難儉樸及暴發奢侈的年代,人們在注重個人風格與生活品質的要求下,時尚潮流總在極簡派與誇張式之間變奏、擺盪,就在紙醉金迷的炫耀生活,如嘉年華會的煙火爆發出美幻光彩的那一刻,自然運動及強調生機飲食,並且不小心在言談中透露開著休旅車遊騁,山林流水令人清醒的低調奢華,已悄然埋下伏筆。下了車門,回到居所,下一個令人更感興趣的問題是:我的房子應該是什麼樣子?這個問題等同於:我是個什麼樣的人?於是,米白色薄紗明亮外觀的落地窗簾、適合花草茶的桌巾、具有熱帶風情的木雕、深淺對比度高的現代感磁磚、刺繡靠墊與饒富韻味的白瓷,以及氣勢與質感兼具的天然木質櫥櫃……,逐漸走進居家精神,在煩囂城市裡,一處處由個人心靈延伸而出的優質居所,象徵人與環境叨叨絮絮的對話。

　　就這樣,居所成了衣著之外,另一個自我的隱喻。也就是說,生活空間的選取與設計有助於重新認識自我。而當代時尚居家者所鍾情的中國風,將有助於我們在歷史典藏中,找尋更多新鮮的創意元素。倘若能夠在舊有的文化系統中,利用不同的時空素材來相互激盪,這將是一種很實際的生活藝術,相較於具有嚴肅理論的西方哲學而言,它屬於一般人容易融入和賞玩的輕快精神,我們姑且名之為「愉快哲學」。

　　近代作家林語堂在〈生活的享受〉一文中告訴我們,中國人對於室內佈置,集中在兩個觀念上:簡單與空闊。我在這裡願意用另外兩個同意詞概念來重申,那就是:恬然與大器。我們追尋明清兩代江

南園林主人的精心構思，便可以體會到，隨著時尚的演進，各種工藝設計曾經如何在達官商賈面前煞費苦心，只求爭寵。財富既代表能力的區別，則擁有多數資源者必然希望展現其輝煌榮耀的一面。所幸在風雅文人的心目中，俗麗誇張的炫耀方式，不過是銅臭味的角力，得來不易的品味與透顯園主人靈魂的藝術巧思，才是難能可貴。因為它們展現了對生活的領悟已到達更高的層次，以及更考究的境界。舉凡佈置講究的空間，如：亭榭、書房、廳堂、起居室等，其家具必不甚多，然而都是上好的木料，並且輪廓簡淨、線條呈現玲瓏有緻的弧度，同時手工打磨得光滑適合膚觸。幾何窗欞與戶外的天光雲影、綠竹藤蘿交融成一幅幅姿態橫生的可愛牆飾。與山水繪畫、書法藝術同理，古式家具中的各種桌几、花盆架與多寶格，其拼搭藝術有類於兒童的積木遊戲，留下了創意變換空間的餘地，隨時任人組合出飲宴、抹牌、票戲等悠遊的生活環境。這樣的做法，使人心胸寬闊自由，客觀地展現出成熟大器之美，無疑是浪漫的人文風景一隅。

隨著移步換景，各有風情，我們逐漸體會到，室內陳設與屋外造景，富麗與闊朗，皆照主人之心。而生活中任何一點微塵芥子，亦無不具有含納須彌之山的容量。法國哲學家Bachelard指稱，居所是可以分析人類靈魂的工具。中國傳統戲曲小說中，也往往以住處之獨特裝飾來描繪情節中的人物性格與生活情趣。既然陳設與人物是渾然的一體，我們不妨用它來充分認識另一個自我，同時也要開啟封存已久的過往時代，讓它發揮魔法棒的功能，點醒居所與城市中，每個角落的天使。

（本文原刊於2004年8月，內政部警政署，《日新》第三期。）

【參考書目】

1. 林語堂，《賴柏英》，台北：遠景出版事業公司，1976年。

2. 林語堂，《紅牡丹》，台北：喜美出版社，1980年。

3. 林語堂，張振玉譯，《京華煙雲》，台北：大漢出版社，1982年。

4. 清 曹雪芹，《紅樓夢》，台北：里仁書局，1984年。

5. 明 湯顯祖，《牡丹亭》，台北：里仁書局，1995年。

6. 元 王實甫，《西廂記》，台北：里仁書局，1995年。

7. 戰國 楚宋玉，〈高唐賦并序〉，《昭明文選》，台北：三民，2001年。

8. 戰國 楚宋玉，〈神女賦并序〉，《昭明文選》，台北：三民，2001年。

9. 魏 曹植，〈洛神賦并序〉，《昭明文選》，台北：三民，2001年。

（本文發表於2006年10月13日，林語堂故居、東吳大學「跨越與前進——從林語堂研究看文化的相融/相涵國際學術研討會」。）

# 第四章

## 玫瑰，在她如此盛開的時候

### ——新世紀女性小說中的愛慾與自我

### 女人四十

當代大陸女性小說家在創作主題上，將筆力集中於女性生活經驗的描述，藉以開發女性書寫特質的文學現象，自新時期伊始，便已在呼喚人性的要求上，逐漸展露出迥異於以往的精神面貌。尤其是在不同於樣板戲時期男性化的女性形象塑造方面，顯示出社會變遷為女性帶來了新的生活觀以及價值思考模式。當代女性文學在關懷愛情與婚姻等人生要義的基礎上，逐漸開放眼界，轉向獨立思考與追尋自我意識的路程。在女性追求自信與自尊的道路上，曾經樹立起的里程碑，同時也是女性對自我價值重新認定的象徵性語言，包括了劇作家白峰溪在《風雨故人來》中所提出的：「女人不是月亮，不借別人的光炫耀自己。」以及舒婷在〈致橡樹〉中所云：「我必須是你近旁的一株木棉／作為樹的形象和你站在一起。」類此宣言式

張抗抗

鐵凝

的主體意識覺醒，確實為女性獨立的人格與理想的精神書寫，奠定了基礎。

此後針對女性情、愛、慾、性等生活經驗所進行的深入而廣泛的探索，便持續朝向以故事類型題材及藝術表現手法，作為私人領域之感官體驗所服務的方向不斷前進。在經過許多短篇小說女作家，如：蔣子丹、遲子建、方方、趙玫、陳染、張欣、池莉、張抗抗、鐵凝、殘雪……等人，先後發揮了坦率的寫實功力之後，女性以自我形象為主題的寫作風格，到了本世紀初已蔚然成風。同時在呈現與掌握自我的書寫能力上，亦更臻於成熟。

由於女作家們所關懷的諸多寫作課題中，已不乏重新建構女性生活史的敘事觀點，因此這一類的小說往往呈現出明顯個人化的性別意識覺醒與自我建構層次的提升。許多具有女性自審意味的小說，便不斷地通過敘事者的感覺，將隱秘深藏在夢境與回憶中的「我」還原或再現出來。藉由家族故事或日常生活細節的摹寫，將小說中女主人公潛存的

本能及慾望突顯在男權勢力相互糾葛的背景之上，使得許多看似平淡的現代生活變奏主題背後，隱喻著女性面對生存侷限而不得不展開的自我歷史追尋。

新時期以來，小說中女性的悲劇往往與國家民族的不幸休戚相關。那一幕幕傷心悲情的破碎人生景象，成為傷痕文學的主旋律。十年浩劫對人性的摧殘與蔑視，使得小說作品中悲劇性女主角的淒清、孤獨與離散，成了反映社會更迭、政治變亂等時代悲劇的鏡子。這一個時期的女性悲劇題材雖然完成了文學在社會寫實主義方向上的定調，卻在細膩地描繪女性生活，包括鮮明的自省性文字處理上，留給後起的作家們更多的揮灑空間。

走下以巨幅出生入死為背景的時代舞台，新世紀的女性轉戰到充滿個人生活與情愛掙扎等人物真實坦示內心世界的藝術小劇場，首先感受到的第一層失落與空虛，來自年齡的壓迫。中國傳統詩文裡，運用牡丹花謝、黃鶯聲歇來暗示美人遲暮與青春的虛度。每一個女人

每一個女人都有她最美麗的時刻，像是瞬間怒放的花朵，關鍵在於這空前絕後的風華，誰能真正看見？　大馬士革雙色玫瑰

都有她最美麗的時刻，像是瞬間怒放的花朵，關鍵在於這空前絕後的風華，誰能真正看見？一旦春盡花落，那份落寞與惆悵便緊緊壓迫著她的心。

　　將平凡中年女子的生活遭際，作為探索女性如何掌握自我命運的對象，以進行細緻挖掘與抒情描寫的作品，在一九八〇年代即已崛起。胡辛的短篇小說〈四個四十歲的女人〉（胡辛，1983）通過四個看似不連綴的故事，將不同處境的女性形象用追求自我獨立的線索貫穿起來，形成了一幅當代女性生活風貌的寫實畫卷。曾經對於自己的未來前途充滿美妙的理想與憧憬的女性們，有的醉心於戲劇演出，有的一頭鑽進紡織業，有的想做好鄉村女教師的工作，更有那為了圓夢而發誓一輩子不結婚的女醫師……。然而人生處處充滿著顛簸與逆流，女性的多重社會角色尤其成了隨時襲擊理想人生航向的風濤。愛戲的為了無法生育而被丈夫與婆婆歧視，擁抱事業的最終仍需為了家庭離開那片夢土，無憂無慮的天真少女在經歷了二十年的人生風雨之後，個個像掉了魂似的，只剩得一身的孤淒，與默默無聞相伴。

　　新時期女性文學對於自身歷史的反思與感悟，在面對何為真正幸福的主題上，處處閃現了自我與精神枷鎖衝撞的痕跡，給人留下深刻的印象。作者在文中不無感嘆地說道：「四十歲，對於女人來說，真是個不可饒恕的年齡。青春，徹底地在這門檻上告別；衰老，不可遏止地從這裡起步。」十九世紀德國著名的女鋼琴家克拉拉·舒曼在她四十歲生日時回信給布拉姆斯道：「我正獨自坐在窗前眺望落日。」四年後，她又在日記中寫下：「如果不能再全心全意地從事藝術創作，那將是怎樣不可名狀的痛苦啊！所以一定不能變老。」青春歲月

的流逝，對女人而言是如此地敏感，以致女作家們要將這場個人的身心浩劫與文革期間的政治摧殘，用特殊的命運作為線索加以縮合。於是這心靈的創傷便不可避免地在某種程度上，淪落為從不同角度描繪歷史面貌的工具。

　　或許時代的倉促，真的造就了文明的昇華。二十一世紀初，女作家們終於從傳統波瀾起伏的情節中解放出來，帶著輕鬆感，以凌亂、鬆散的反情節敘事手法醞釀出種種散文般平淡的氛圍。在脫去了強烈戲劇性的斧鑿外衣之後，那屬於女性的生活氣息，看似漫不經心地講述一個平凡人的軼事，卻又如此精準、機智地敲動了女性讀者的心。那些簡單中帶有一點荒謬的人生故事框架，負載了許多耐人尋味的生存與殘酷的對話，許多從潛意識，甚至無意識中流洩出來的女性私密隱語，在清醒的內心獨白與縹緲的夢囈甚或夢魘之間，跳躍聯想。似水的年華與蒼老的眼神本身就像是一部部呼之欲出的傳奇，迫使我們不得不欣賞那些將精心設計的情節，讓位給現實生活裡粗粗寫來的普遍象徵性感受。

　　陳染的短篇小說〈夢回〉（陳染，2003）便是一篇充滿生活況味的作品。小說以不如意的婚姻生活中的種種感受為主題，運用第一人稱散文化的敘事手法，展現女作家捕捉日常情事深刻意蘊的創作自覺，作品因而更切近生活，作家不再苦苦追尋世間希罕的人物，故事素材就在眼前腳下，甚至不乏自身的經歷，因而使得文風頗有日記體或自傳體的性質。而「女人四十」或許又可以說是作者從布帛菽粟等冗贅的生活之流中，檢別出來具有想像意味的自視角度。作者通過小說女主人公對夫妻生活的自白，以及追尋童年生活的實際行動來層層鋪敘

四十歲女人敏感且困乏的心境。儘管體態未老，髮絲光潤，胸部挺挺的，臉頰也還飽含著水份與光澤……，但是，終究不再是荳蔻年華。畢竟「誰能阻擋更年期那理直氣壯的腳步聲呢！」於是籠罩〈夢回〉全文的氣氛是一股欲振乏力的壓抑情緒，與若有似無的敏感神經質。這樣的心態使得女性即使僅是面對著一縷粉紅色的晚霞，也要驚疑殘陽已經透露了自己臉上的秘密。這個多少有點固執、疑慮而且鬱鬱寡歡的女人，面對辦公室裡新來的一位女大學生，興起了警惕：

　　有一次，我正在辦公室裡埋頭核對單據，忽然聽到背後有吃吃的訕笑聲，我扭過頭看……問她笑什麼，她卻板著臉孔做出一副行若無事的樣子，說她根本沒有笑。真是奇怪，我分明聽見她在我身後訕笑，笑我什麼呢？

　　我警惕地審視一番自己的衣裳，難道有什麼不合時宜嗎？

　　作者試圖將四十歲女子內心世界零散、朦朧，難以把握與模擬的意識活動，用人物的言行狀貌呈現出來。直到小說的尾聲，女主角才不無調侃地說，她那毫無特色卻合體得絲絲入扣的上班服，使其整個人「就像一份社論一樣標準，無可挑剔又一成不變」。這些「肯定缺了什麼，卻又挑不出什麼不妥」的生活細節，還包括了她提前衰老的性生活：

　　賈午好像也沒有什麼新鮮事可說，就沒事找事似的親熱起來。他連我的睡裙也沒脫，只是把裙擺掀到我的脖頸處，讓我的一隻腳退出粉紅色的短褲，而他自己的短褲只是向下拉了拉，退到胯下，我們隔著一部分貼身的內衣，潦潦草草，輕車熟路，十幾年的生活經驗提供了熟悉的節奏，一會兒就做完了。

小説中的「我」只想追究：「生活還有什麼奇蹟？」「我真不知是哪裡出了差錯。」否則日子怎麼會在虛與委蛇與心神恍惚之間煙消雲散了呢？那徘徊在四十歲上下的夫妻，就像是過了一輩子的八十歲老人，連提起一點興致都嫌麻煩。面對這無法溝通的男人，只好將心事隱藏。「好像我是一個陌生人一樣，或者，是我用一種他聽不懂得語言在説話。」「他一側的腮幫子鼓著，囫圇吞棗，聲音像是另一個人的。」這分明有一堵無形的牆杆在兩個共同過著乏味又冗長歲月的人之間。又像是一個巨大的休止符，使得彼此身體裡的某一部份都無奈地休止了！

魏微

## 與鏡子獨處

女性將自己對世界的感受建立在自我身體的感覺基礎上，通過體內微小區域的巨大騷動來説明慾望的錯綜性和複雜本質，並且從肉體和感官的觀望中認識自己。女性對於膚觸的敏感像是與生俱來的天賦，她可以從雨和酒的混雜

氣味中，直接感受到有一雙眼睛在自己
蔥管一樣青白手臂的游移：「一寸寸
的像螞蟻在爬。」（魏微，2003）也能
夠體會如春天降臨一般盛大無比的吻：
「讓我像被唱針輕輕觸及……身體在
歌唱裡。」（周曉楓，2003）以至於周
曉楓在〈你的身體是個仙境〉中引用弗
朗西斯‧維庸的詩句：「噢，女性的軀
體，如此柔軟，嫻雅，珍奇，那些邪惡
也在等著你嗎？」這篇小說的結尾處，
女主人公輕描淡寫地訴說了親眼見到故
事：逝去青春的女子正在手術檯上剪除
癌變的子宮。「這裡，接受過對於女人
來說，世上最最珍貴的東西：情人的愛
和孩子的依戀。」手術室外年輕的丈夫
仍含著淚說：「她真美，她的陰部像一
朵花。」血氣方剛的男人可以用這樣的
眼光看待邁入暮年的妻子，也就值得讓
世間許多女子甘願將自己簡化到像白痴
一般地，誤以為「他是微服到我命裡的
神」，並且盡情地在「他」大動物特有
的溫存和溫暖的懷抱裡，感覺自己被抬
升到了天堂的高度。

周曉楓

　　許多比喻法和形容詞環繞著我們的聽覺、視覺和嗅覺，使我們游移在女性的愛、慾與各種身體感官之間浮想聯翩。然而人世都百歲，誰能迴避白髮？當花飛人倦，生命走到了黃昏時節，女性又該如何面對自我？張潔在〈玫瑰的灰塵──也說玫瑰，在它如此盛開的時候〉（張洁，2003）讓年過五十的露西和她的老衣服對戲：

　　那些老衣服，每一件差不多都連著一個她自己才知道的故事。

　　那裡，幽冷幽冷的一襲深度寶石藍絲綢禮服，倚在角落裡默默地向她凝望，真像冷不丁在哪個僻靜小飯店裡的故友重逢。燈影慘淡，人跡稀拉，相對無言。

　　……

　　她從衣杆上把禮服取下。

　　不慌不忙，一件件脫下身上的衣服，然後輕輕拎起那襲禮服，慢慢從頭上往下套。毫不費力地就把禮服拉到腿下，她的體型沒有多大變化。

　　對著鏡子轉過身來，又轉過身去。

攬鏡自照，張繼青飾杜麗娘。

幽冷幽冷的一襲深度寶石藍絲綢禮服，倚在角落裡默默地向她凝望，真像冷不丁在哪個僻靜小飯店裡的故友重逢。
絲綢質感、花香冠壓群芳的古老圍林玫瑰「塞斯雅納」

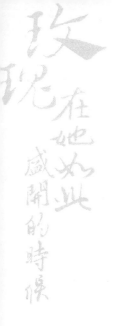

玫瑰在她盛開的時候

體型固然沒有多大變化，可是昔日凹凸有致的窈窕淑女，卻變成了眼前這段風乾腸。

果然是面好鏡子。

露西未嘗不知道自己老了，可這景象依然讓她驚惶失措。

「鏡像」無疑是女性文學中用來自我體認的一座觀測站。許多小說中所出現女性觀看自我鏡像的場景，不僅說明了女性對自己的感覺，同時也表露出從女性的立場出發重新認識自我的欲望：

有一次，我放掉浴缸的水，看到水流窩漩中有朵下陷的玫瑰，也看到其中夾裹著幾根自己掉落的長髮。突然想到，一天天老去，我從來不曾完整地了解自己，比如我不知道自己的背部曲線什麼樣兒。猶豫一下，我搬來屋裡的梳妝鏡，背對浴室敞闊的那面鏡子……鏡子繁殖著我的背影，我發現，我竟然對自己這個與生俱來、相伴而行的裸體份外陌生與恐懼。（周曉楓，2003）

早在上個世紀三十年代，張愛玲

有一次，我放掉浴缸的水，看到水流窩漩中有朵下陷的玫瑰，也看到其中夾裹著幾根自己掉落的長髮。突然想到，一天天老去，我從來不曾完整地了解自己，比如我不知道自己的背部曲線什麼樣兒。

「少女的羞報」白玫瑰

已經令我們見識到女性筆觸下種種脆薄易碎等瑣屑事物所發揮的小說藝術效能。那些關於鏡子、玻璃、眼鏡與白瓷……的安排，讓故事中人的內心世界在華麗深邃的透視下，以無心淺描的方式與讀者相見。在〈鴻鸞禧〉中，張愛玲讓她的女主角邱玉清處身在一個鏡子世界裡，她「背著鏡子站立，回過頭去看後影」，這一間四面崁有長條穿衣鏡的小房間，照映出層層疊疊的結婚禮服身影，玉清就這樣站在人生關口上眺望著自己未來無窮盡的婚姻生涯。而她的準婆婆婁太太同樣也在鏡子面前，吐露了心事：「……湊到鏡子跟前，幾乎把臉貼在鏡子上，一片無垠的團白的腮頰；自己看著自己，沒有表情——她的悲傷是對自己也說不清楚的。」

　　鏡子作為許多小說場景中描寫女性自我的媒介，使得女性藉以舒展出其私人生活與情緒，於是鏡子裡的我，無形中也就成了女性的夫子自道，當婆婆與兒媳兩面鏡子交相疊映，邱玉清那「重門疊戶沒有盡頭」的晚景，便很巧妙地

湊到鏡子跟前，幾乎把臉貼在鏡子上，一片無垠的團白的腮頰；自己看著自己，沒有表情——她的悲傷是對自己也說不清楚的。

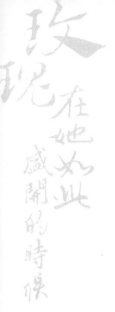

給照映出來了。

　　女人在年華漸老時與鏡子獨處的戲，總會是一場精采的內心戲。這時鏡裡出現了另一個自我，原本白瓷的膚色變成了青玉，圓臉也削尖了⋯⋯，再打量下去，就成了張愛玲筆下的白流蘇了：

　　流蘇突然叫了一聲，掩住了自己的眼睛，跌跌衝衝往樓上爬，⋯⋯上了樓，到了她自己的屋子裡，她開了燈，撲在穿衣鏡上，端詳她自己，還好他還不怎麼老。（張愛玲，1991）

　　文學裡的鏡子還可以剪接女人的青春，將十年前與十年後的自己疊映出來：

二十世紀二十年代婦女梳妝照

　　風從鏡子裡進來。對面掛著的回文雕漆長鏡被吹得搖搖晃晃，磕托磕托敲著牆。七巧雙手按住了鏡子。鏡子裡反映著的翠竹簾子和一幅金綠山水屏條依舊在風中來回盪漾著，望久了，便有一種暈船的感覺。再定睛看時，翠竹簾子已經褪了色，金綠山水換為一張她丈夫的遺像，鏡子裡的人

也老了十年。（張愛玲，1991）

〈玫瑰的灰塵〉裡，露西也在鏡像的時空裡穿梭，頻頻回首當年的風華：

穿過歲月，露西重又看見當年自己穿上這襲禮服的模樣。

裁縫在肩胛骨下交叉了一個別緻的結，將她那本就無與倫比、目中無人的脖子，襯托得更加讓人心悅誠服。……

更漂亮的是她的肩，那是真正的「法國肩」。既不過分骨感又不過分豐腴，兩可之間。在這種肩上，兩種極端的審美觀大概都不會再各執一詞。尤其兩條鎖骨旁的下滑處，滑出多少適可而止的銷魂！那是為數不多的人才能領略的一種性感。

女性身為觀鏡者與敘事者，面對鏡子展現自我給自己看，鏡中裡那個被對象化了的「我」會隨著自身的活動而活動，這一作為自我主體存在的明證，已經足以阻擋一部份男性視線加諸在女性身上的作用，使女性得以沉浸在細細的自我觀照與體認上，逐漸接受了歲月

張洁

刻畫的痕跡。於是露西終究還是「緩了一口氣，然後不屈不撓地抬起頭，固執地向鏡裡望著。」

## 女人的一生

相對於張洁運用戲劇性的鏡像來處理老化的身體，陳染則是選用了「天空」與「壁鐘」兩件事物，來隱喻女主人公即將老去的心。當地面的熱氣蒸騰而上時，她注意到了許久未見的天空：

清晨的天空已經被蒸得失去了藍色。誰知道呢？也許天空幾年前就不藍了，我已經很久沒有仰望天空的習慣了。

灰暗的天空暗示了女主角不再激動的心，與此產生鮮明對比的是回憶裡，戲劇化的童年與當時燦爛的蒼穹。

記得那時已經是「復課鬧革命」的時候了，可我們依然不上課，整天在學校宣傳隊裡歡樂地排練節目，等到天上的星星亮晶晶地燃亮了整個天空。

如今「我」這個活在現實裡，看不到藍天的可憐小人物，竟然在與丈夫訴說苦惱時，都因為疑慮窗外霓虹燈的閃光，而必須把事情在低聲細語之間說出，以免憤怒的情緒伴隨著鋒利的字眼湧至唇邊。那滿天裡亮晶晶的星星所點亮的歡樂童年，與此刻霓虹燈「心懷叵測」地照映出一室裡的沉悶與無趣對比，今昔輝映，使人們不得不輕嘆歲月催人，時光是如何匆促地流逝著，於此同時也帶走了生命裡某些晶光燦爛、純真歡愉的事物。面對迅速飛逝的光陰，張抗抗曾經在〈面果子樹〉（張抗抗，2003）中用「火車」來形容它的一去不回頭：

很多年以後，我才漸漸意識到，歲月就像那些破舊不堪的車

廂，一旦被那冒著白色蒸氣的火車頭
拽上了一條固定的軌道，它自己是沒
有辦法倒回來的。

然而陳染卻寧願選擇一個壞掉的壁
鐘，來形容時間對於一個總是提不起勁
來的人，是如何地空洞無意義：

我抬頭看了看壁鐘，壁鐘的指針
停在七點五分上，不知是早上的七點
五分還是晚上的七點五分，那只無精
打采的鐘擺像一條喑啞了的長舌頭，
不再擺動，不知已停多久了。

陳染

小說中的「我」突然感覺到時間雖
然匆忙地飛逝，然而自我的身體卻像是
消失了指針的空洞圓盤，連心臟的怦怦
聲也停住了。陳染很清晰地運用不再移
動的指針與鐘擺再現了生活中無以名之
的凝固狀態，這個意象隨著作者主觀性
地引申而加強了那失去生命持續感的落
寞基調。

回顧曾經對生命充滿熱情的花樣年
華，遙望當年不由自主的心跳與悸動，
對女性而言自有一股難以言喻的痛。
魏微的小說〈化妝〉女主角嘉麗在

三十歲擁有了事業與金錢之後，試圖回眸凝睇十年前眼睛時常煥發出神采的自己：

　　整天，她的腦子裡會像冒氣泡一樣地冒出很多稀奇古怪的小念頭和小想法，那真是光，燐火一樣眨著幽深的眼睛；又像是蚊蟲的嗡嗡聲，飛繞在她的生活裡，趕都趕不走。

　　儘管連她都驚嚇於那些念頭，但畢竟又像是樂在其中地品嘗著這一旦被它們所驅動後不堪設想的危險與刺激。那雙美麗而靈活的眼睛，閃爍著激動與快樂的光芒。如今想來，自己也不禁為之迷惘了。嚮往著那已經翻過去的人生扉頁，「嘉麗突然一陣喪魂落魄，她想哭。她坐在沙發上，後來滑到地板上，她幾乎匍匐在地板上，痛苦地蜷縮成一團。」這喪魂落魄的痛苦真切得足以提醒人看看自己是否還活著？看看過去曾經一步步走過的路，而今又剩下了些什麼？嘉麗在電話筒中聽見十年前的戀人問道：「你變了嗎？」她不由得回答道：「我老了。」

　　另一位女作家張抗抗在描述女性找尋昔日青春時，所感受到情緒，與其說是痛苦，毋寧說是一雙疲憊的腳在悄然無預警之際，遭受突如其來的一場足以令人莫名驚心的震動：

　　……那些年輕時心裡珍藏的往事，就像枯黃的頭髮那樣，正在一根一根無聲無息脫落，你若是偶爾扒到了其中的半星游絲，它立馬會在你的腳趾下發出驚天動地的斷裂聲。（張抗抗，2003）

## 跌倒在生活裡

　　大陸新世紀以後，在工商業持續發達與市民意識擴大強化等社會

條件下，小説作者逐漸以纖細筆墨帶領讀者體會平常情事裡，既單純逼真，又深細入微的場景。彷彿要在普通的愛情與家庭生活中，體察人生種種底蘊。為了反襯那瞬間即逝的每一事每一景在人們意識裡所印下的不甚連貫的痕跡，作者僅管未必搜奇獵勝，卻也不免讓小説人物逸出生活的常軌，任由外在的時空環境被心理的主動追摩與回憶所分割，甚至於打亂，藉以呈顯意識活動與心態發展的隨意跳躍與不受邏輯制約。於是〈夢回〉中的女子離開了一向循規蹈矩──上班、下班、菜市場──的三角路線，踏上了尋找夢中的老婦人（也就是若干年後的自我）一再穿梭、詢問的途徑。原來那條名叫細腸子胡同的地方，竟是自己遺忘已久的童年故里。而魏微筆下的嘉麗，也為了證明即使自己衣衫襤褸，淪為乞丐，十年前的情人依舊寄予懷念。於是她決定讓時光倒轉：

　　她要化妝，變成另一個人，那個十年前的自己：黯淡、自卑、貧困。她將重新變得灰頭土臉，默默無聞。呵，沒有人會記得她的灰姑娘時代，那像被蟲子啃蝕過的微妙的難堪和痛苦。

　　這一條溯尋初始自我的道路，對於一向遵循刻板生活，偏好單純且安全的人際關係的〈夢回〉女主角而言，「實在是一粧異想天開的大事件」：

　　由於興奮，我的臉頰不由自主地熱起來，心臟也不規則地突突亂跳了幾下。

　　在此之前，日子悠長地猶如一個孤零零飄落下來的塵埃，又像是一連串反複單調的琶音練習，叫人感到既連綿不斷，又似凝固不動。女主角不得不承認她像是一個面壁罰站的孩子，作家因而將生活比喻

玫瑰在她如此盛開的時候

成了一場苦役。於是，翻回人生中已經
過去的那一頁，或許才是使得這麻木的
心重新溫潤起來的契機，那激動與顫抖
的滋味將是中年女性一路微笑嘆息的誘
因。

　　（嘉麗）第一次發現，三十年了，
沒有哪件事會讓她如此激動。

　　她全心投入這場回到過去的行動，
在追趕十年前的容顏、愛情與生活的
同時，將生活中不再出現的顏色召喚回
來。

　　遲暮中的女子，唯有在天色倏然暗
下之前，在那遙遠的一抹胭紅尚未完全
沉入地下之際，循著夕陽裡鮮豔的玫瑰
花路卻顧所來徑，才能一一拾回生命中
象徵年輕時代自我愛慾的一幅幅幸福圖
景。張抗抗在這一條路上鋪敘出女性作
家耽溺於色彩和氣味等多重感官書寫的
藝術軌跡。為了找回並且結束年輕歲月
知青時代，暱友小楊子那一段彷彿早春
櫻花爛漫開遍，或是初夏櫻桃成熟時，
熱烈而狂野的尋父故事，小說中的女主
角在許多年後回到了有大雁盤旋的北

許多年後回到了有大雁盤旋
的北方。　清 任熊・蘆雁圖

方：

　　穿過白樺樹林間的泥濘小道，在翠綠、墨綠、金黃和雪白，那麼多顏色在各個季節輪流交替著的原野深處，我一閉上眼就能想起那個地方。我甚至能聞到沙果樹開花時醉人的甜香。（張抗抗，2003）

　　那些充滿光影和色彩變幻的書寫，促使女性一點一滴地拼湊出當年爆發愛慾火花的自我形象與全幅故事的象徵性畫面。

　　我看見一個輪廓分明的黑影，在溫柔而蒼涼的月光下，如一幅生動而清晰的剪影緩緩移動。那是一匹半人高的小馬駒子，在馬圈的門邊上一步一步地蹭來蹭去，朝著一匹母馬遲遲疑疑地靠攏過去，它短而細巧的馬蹄輕輕踢著地面，為那幅黑色的剪影增添了造型的動感。（張抗抗，2003）

　　這些生活中具有意義的畫面，的確有助於自我詮釋。潘向黎在〈重重跌倒〉裡一開頭就描述了一位在潮州餐館裡重重跌倒的女人：

潘向黎

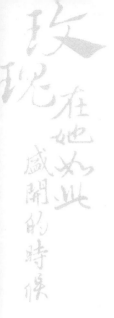

重新站起來的笑容在小說中負有完成主
題和形象的特別任務，它的出現證實了
女性終於找回面對自我的坦然。
由月季與麝香薔薇所培育的攀援玫瑰「洛伊斯特」

一切都在一瞬間發生。腳跟向前
一滑，身體突然失去平衡。雙手在
空氣中徒勞地想抓住什麼，像笨拙的
翅膀撲了幾下，然後以在這個過程中
出溜了三十公分左右的腳根為圓心，
身體向被鋸斷的木頭一樣，筆直地畫
了四分之一個圓，仰面朝天，後腦著
地，砰的一聲。（潘向黎，2003）

跌倒的時候，她想：不能怪別人
不來拉她，因為連她自己也不知道自己
是誰。直到小說結尾，女主角才站了起
來，並且「終於明白自己是誰了」。小
說花了六分之五的篇幅倒敘生命中一次
又一次跌倒的慘痛經驗，同時也在回顧
人生中各種階段的自我。原來高考失意
的夢魘一直是她不願回首的一頁，但是
卻又成為十幾年來臨睡前固定的節目，
使得她在溫暖的被窩或舒服的竹蓆上，
安安靜靜地想著，如果那一年沒有摔
那一跤，或是有人及時將她喚醒扶起，
「那她會是什麼樣子的命運？」「她
想啊想啊，安安靜靜地笑起來，又安安
靜靜地流下眼淚。」然而白天現實生活

裡所面臨的重大考驗依然牽扯著她的腳步，使她幾乎失去平衡：「離婚的那一陣，她覺得自己連路都走不動了，隨時可能跌倒……。」

生活本身像是連續不斷的鎖鏈，又猶如流淌不止的長河。短篇小說的開端與結尾各自形成了一個有利的切點，讓作者選取生活中的某一環節作為帶動情節開展的著力點。潘向黎的故事以「跌倒」作為文中女性回顧自我生命片段史的連綴樞紐，在人生的每個重要關卡上，重新省察自我的面目。運用「跌倒」的形象化描繪，在故事的開端上即引人注目，給人留下深刻的第一印象，同時又具有足夠的帶動力，串連女主角人生中的許多重要環節。從跌倒到爬起，一幕幕生活中不堪的場景，使人彷彿也目睹觸及了女主人公十幾年來深藏於內心的苦痛。最後一幕，她突然爆發出一輩子沒有過的果斷，拍了拍手上的灰：

　　她終於明白自己是誰了。她想自己已經跌倒了很多次，應該可以應付

在〈玫瑰的灰塵〉尾聲中，「想起了那段風乾腸，露西再次笑了起來，是顏色十分清晰、光色十分明亮的笑。」

千金玫瑰

這種情況了。怎麼跌倒，怎麼爬起來。這是自己的事，有沒有人看見，都和別人不相干。這樣一想，力量回到了她的身上。

有趣的是，當她決定自己站起來的時候，一隻寬大、厚實的男人的手卻伸了過來。笑靨隨之展開，「好像剛才的一跌，撞開了一個閘門，關在裡面幾年的笑一下子湧了出來。」重新站起來的笑容在小說中負有完成主題和形象的特別任務，它的出現證實了女性終於找回面對自我的坦然，於是在〈玫瑰的灰塵〉尾聲中，「想起了那段風乾腸，露西再次笑了起來，是顏色十分清晰、光色十分明亮的笑。」

回顧生命中曾經發光發熱的瞬間，像是打撈一幅沉浸在溪底、經年已久的畫，或是垂首祝禱那埋葬在迷人的花園式墳墓裡的青春，無論如今看來那是怎樣碎片化的人生，都讓我們說聲：安息吧！

藝術創作者們務求於生活原型的基礎上，提煉出人物典型的結晶。這意味著作家必須觀察實際生活中的種種變化，然後在人物形象單純化的同時，不斷地為人的內在本質的深刻化與豐富性賦彩。小說相較於其他文類而言，雖然佔據了更便於完整、細膩地描繪人生的優勢，然而作家卻不可能，也沒有必要將現實人物的全幅思想、生活與感情毫髮不爽地呈現出來。於是，尋找一個適當的角度，工筆細寫人生的某個側面，以單純化的表象來揭示人類精神層面中的某些複雜且抽象的感覺，便成為當代大陸女性小說家選材與敘述過程中揣摩寫真的目標。尤其是短篇的表現力，往往放在典型性的第一人稱——「我」的感受與經驗上，試圖以細微卻更分明的特定角度，反映普遍的社會人生風貌。

女性文學中看似瑣碎而不加修飾的各種感官性抒寫，像是：笑與

淚、鏡子與壁鐘、跌倒與出走⋯⋯，實際上正是含有真實感與親切感的藝術修飾，那些穿了又脫、脫了又穿的衣服，以及每天從浴缸裡流逝的玫瑰渦漩，也在隱喻著時光的匆匆。法國肩和風乾腸，滿天星與霓虹燈，又分名無情地對照出老化的姿態與心態。新世紀女性短篇小說儘管不以寬泛的社會事件作為背景題材，卻從自我反思的角度取得了更貼近文學的地位，同時也因為使用了自己的說話方式來展現尷尬的處境與困頓的心情，反而更加使人體會到文中含藏著悲憫與哀矜的人文情懷。

【參考書目】

1. 胡辛，〈四個四十歲的女人〉，《百花洲》，1983年第6期。
2. 張愛玲，《傾城之戀》，台北：皇冠，1991年。
3. 陳染，〈夢回〉，《收穫》，2003年第2期。
4. 魏微，〈化妝〉，《花城》，2003年第5期。
5. 潘向黎，〈重重跌倒〉，《青年文學》，2003年第5期。
6. 周曉楓，〈你的身體是個仙境〉，《人民文學》，2003年第6期。
7. 張洁，〈玫瑰的灰塵——也說玫瑰，在它如此盛開的時候〉，《北京文學》，2003年第8期。
8. 張抗抗，〈面果子樹〉，《人民文學》，2003年第9期。
   （本文發表於2005年10月，中華發展基金會、佛光人文社會學院文學系「第二屆兩岸現代文學發展與思潮學術研討會」。）

# 第五章

重寫綠窗舊夢

——琦君的詩化特質

## 詩意的距離

閱讀琦君的第一部作品——《琴心》，感覺像是在冬天的夜裡，雙手握著一杯溫熱香濃的紅茶，使人滿懷溫馨與平靜，即使多年後回味起來，也有夢中朦朧寫意之感。那些風格柔雅、情感馥郁的故事，在和美而不輕綺的筆調下，流露出琦君青年文人的多少浪漫情思。張文伯說：「琦君為文，不事雕琢，長於心理描繪，而以空靈淡雅勝。其情致有如綠野平疇，行雲流水，令人超逸意遠，餘味常在欲言未言之間。」（張文伯，2002）這些意境深婉的詩化語言，使我們恍若進入到作者的斗室，依偎著一燈熒熒，將琦君一字一句地吹送出滿室的春暖擁在懷裡。這裡的每一個故事，都像是一段美好的回憶，作者以寫意傳情的筆法描寫現實人情，將發乎人性的美好情感與情趣融入生活，造成虛實無間、渾然天成的人物形象，既美化

玫瑰在她盛開的時候

了情致，又開創了意境，同時也富於詩意。而這純化的情意與筆調卻是用飄零一身、客心孤寂的歲月所換來的。那些曾經在內心經過了千迴百折的錘鍊，到達我們眼前之際，已是雲淡風輕，舉重若輕。留待我們繼續追尋的，則是許多如夢般詩化的生活況味。

本文試圖透過語境、生活、人生與亂離等四重視角，來重新閱讀《琴心》與《菁姐》兩部琦君早期的短篇小說，以品味她作品中豐厚幽深的詩意美。

## 一場遠方的夢

文風的肇始與盛極，無論時間短長，都會成為明顯的時代特色，當新文學運動乘著五四風潮的浪花攀入天際，自由創作的海嘯橫掃古典格律的範限，文體之間相互含融的景象，已在三十年代許多作家筆下呈現。朱自清在〈槳聲燈影裡的秦淮河〉描寫道：

這燈彩實在是最能勾人的東西。夜幕垂垂地下來時，大小船上都點起燈火。從兩重玻璃裡映出那輻射的黃

朱自清

黃散光，反暈出一片朦朧的煙靄，在暗暗的水波裡，有逗起縷縷的明漪。在這薄靄和微漪裡，聽著那悠然間歇的槳聲，誰能不被引入他的美夢去呢？

　　碧陰陰的秦淮河水，彷彿凝結了曾經厚而不膩的六朝金粉，在恬靜的柔波裡，使得作者面對眼前的水闊天空而遙想著另一個紙醉金迷的時空。於是眼前黯淡的水光，竟如幻境般散燦出了光芒，那是「夢的眼睛」。五四文人在理性與感性之間營造文學的氛圍，將詩的抒情性語言，視為一種能夠引發讀者在單純的景象中興起片段遐思的光源。楊昌年教授說：「詩是文學王國中的貴族，是文學藝術中最純淨的精粹。」（楊昌年，1998）詩化的語境將平淡直述的事理點畫成姿采繽紛的濃美語彙，加上意象的聯想與鏗鏘的音節，使得天空地闊的漫談得以集中在某一完足的具象上，成為引領讀者情感的主線，也是讀者對文學興發感觸與進而玩味的起點。

　　五四以降，文人以詩一般的精煉語句，將散文與小說中冗散的言詞收攝在意象層疊豐奇的隱喻與擬稱之中，同時使得句法像詩一般地符合大自然的律動，而文章也就被點綴出充滿了視聽等美文化的藝術效果。徐志摩所詠嘆的朝霧與朝陽是最佳的例證：

　　朝霧漸漸地升起，揭開了這灰蒼蒼的天幕（最好是微散後的光景），遠近的炊煙，成絲的，成縷的，成捲的，輕快的，遲重的，濃灰的，淡青的，慘白的，在靜定的朝氣裡漸漸的上騰，漸漸的不見，彷彿是朝來人們的祈禱，參差的驀入了天聽。

　　朝陽是難得見的，這初春的天氣；但它來時是起早人莫大的愉快。頃刻間這田野添深了顏色，一層薄紗似的金粉糝上了這草，這

樹，這通道，這莊舍。頃刻間這周遭瀰漫了清晨富麗的溫柔。頃刻間你的心懷也分潤了白天誕生的光榮。（徐志摩，1996）

　　詩化的環境描繪，不僅在美文的修辭藝術上顯示出意義，同時也將作者內心的情意與情境，藉由一幅幅可見、可聞、可感的圖景傳達出來。表現在小說領域裡，則又擔負了刻畫人物形象與鋪陳情節的任務。生於五四，長於後五四時期的女性作家群，一方面逐漸脫離了激情運動中徬徨悵惘的情緒，同時也能夠將詩化的散文語言自如地運用在小說寫作上。與琦君同時代的女作家張秀亞便在她的小說開頭裡寫道：

　　太陽沉入茫茫的海底了，一片紫霧，瀰漫天際。東方，在一線淡藍的天光裡，飛升起一彎羽毛似的弦月，鍍銀了大海的波峰。（張秀亞，1964）

　　作者以長短句帶動讀者吟誦過程裡所興起的音樂韻律感，這些長句氣勢與短詞頓切的參差交錯，是講求如詩般音響質地的創作成果。而紫色迷霧、淡藍天光，與鍍銀波峰所形成的迷離世界，也足以使我們意識到小說家在超越的想像中，營造出委婉深邃的色調與韻味。作者以精心構制的一場遠方的夢，將小說裡的環境描寫奠基在超凡脫俗的意境上。而故事裡的菁被夕陽染紅的面龐，對照出林昌蒼白得像秋月上一滴冷霧的臉，則又同時實寫了人物具體可感的心聲與情意。如此精雕細琢、典雅飄逸的語言風格，的確帶來了出奇制勝、如夢如畫的意境。

　　用這樣朦朧的寫意畫來襯托人們心靈深處的情態，則同時也是琦君的特長：「她的神態已不是當年夏夜的涼風那樣爽朗了。」「她的

眼睛裡好像抹上了沉沉的暮靄。美麗的嘴角……總像在嚥下許多許多隱忍的痛楚。」「我自從住到這兒,與外界完全隔絕,心就像天邊的雲彩那樣悠閒。」(琦君,2002)作者用夏夜裡的涼風、沉沉的暮靄和天邊的雲彩來烘托女主角的內心世界,使得自然景象的渲染成為女性美的修辭語,在具體、生動的形象中,展現了情顯於境而以意勝的古典美學風格。此外,琦君還運用了另一番反襯的手法,在〈失落的夢〉裡,開端即寫下:

　　校園裡一片寂靜;風一絲兒也沒有,上弦的新月,灑下了淡淡的光輝。我穿過疏疏落落的棕櫚樹,躑躅在輕紗樣迷茫的夜霧裡,心頭無端感到一陣沉重與空虛。

　　原來在輕紗般的夜霧裡,人的心反而更顯得沉重,這無疑也是一幅以文字營造出煙籠詩意的境界,進而以境傳情的寫意圖。詩化的語言看似輕如薄霧,短若一夢,卻在欲言未言之間隱藏了深沉的心聲。琦君在〈漫談創作〉裡曾藉李後主的「砌下落梅如雪亂,拂了一身還滿。」指陳文章於含蓄蘊藉之中,隱約透露的渾厚藝術特質:「如雪的落梅飄在他身上,本來是多美的情景,但因國破家亡,寄身異域,內心悲痛萬分,所以見了身上的梅花瓣,無心欣賞,又把它們拂去。可是拂去了又落一身,見得他心裡的苦惱與落寞。他不明說『落梅如雪更添愁』,只說一句『拂了一身還滿』。含意更深,悲痛也更深了。」(琦君,1969)琦君特別重視以詩的凝鍊語言,傳達一份深沉的抑鬱之美,亦即語意曲折淒婉的隱藏藝術,猶如國畫中的寫意筆墨,留下多少不盡之意,見諸言外,深扣讀者的心弦。在〈失落的夢〉裡,強忍痛苦成全丈夫婚外情的蕙最終感到:「一種酒醒夢回

如雪的落梅飄在他身上，本來是多美的情景，但因國
破家亡，寄身異域，內心悲痛萬分。　　元　王冕‧墨梅圖

的幻滅之感，像幽谷的寒風吹襲著我，一股力量好像從我內心抽去，
我失去了憑依，只覺此身向無底的深淵沉落下去，迷失在黑黝黝的濃
霧裡。」作者已將小說中人的悲慟以象徵、委婉又酣暢淋漓的口吻道
出，而〈長相憶〉中，張老師「把手中的花朵丟到水池裡，噴泉灑下
來，花瓣片片分散開來，在水面打著旋轉，又漸漸的飄開了。」則是
更進一步以動態的描述，餘味深長地暗示那初戀時留下的創傷，將如
同這些被摧殘而散開的花瓣，片片飄零，不能夠再復原了。

## 冉冉綻放的芙蓉

　　在詩化的語境當中，融入生活的氣息，使得閱讀過程裡，處處聞
到幽幽花香，感到微風輕拂，悠遊在一個不染人間煙塵的角落裡，為
樸實恬然的氣氛所環繞，是琦君文風給人的美的饗宴。在許多寫景的
片段裡，有如青藍水墨的繪畫世界，盪漾著柔情似水的光影浮動，琦

探索女性文學的綺麗世界

君筆下人物豐盈的情感，也在這無邊無際的柔波裡得到潤澤。猶如作家現身說法的情境：「我早年常常會做一個夢，夢見一團彩色繽紛的圓球向我滾滾而來，當我伸手去捧握時，彩色圓球消逝了，夢也醒了。醒後總是虛虛恍恍若有所失。是我一直在追求著一個達不到的願望，才有這樣的夢嗎？」（琦君，1987）多年後，她在卓以玉的水彩畫裡，捕捉到了那個早年的夢，原來那是一朵浮動於水光雲影中的荷花。從古典到現代，從繪畫到文學，琦君追求的是一片朦朧而柔媚的寫意天地。她用美文的筆觸來塑造人物、編織故事，同時也鋪陳景象。許多女性美與生活詩情的綜合，總是使人忍不住頻頻回首，例如：菁姐的肌膚「細膩潔嫩得像新剝出來的西湖菱」，她那「盪漾著波光的眼神」配上「翠黛點點」，越發增添了憂鬱之美。於此之際，她們的生活環境亦無不隱含著作者心中亟欲捕捉的一朵夏荷與一抹天光雲影：

夏天傍晚，我們把船蕩進了亭亭

琦君特別重視以詩的凝鍊語言，傳達一份深沉的抑鬱之美，亦即語意曲折淒婉的隱藏藝術，猶如國畫中的寫意筆墨，留下多少不盡之意，見諸言外，深扣讀者的心弦。
宋 馬遠‧秋江漁隱圖

菁姐的肌膚「細膩潔嫩得像新剝出來的西湖菱」，她那「盪漾著波光的眼神」配上「翠黛點點」，越發增添了憂鬱之美。
宋 馬遠‧梅石溪鳧圖

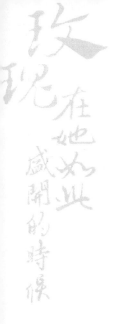

似蓋的荷花叢中，綠雲款款地低護著我們的頭和肩。菁姐斜依著，鬢邊的短髮輕輕拂著我的肩膀，一陣陣芬芳撲鼻而來，我分辨不出是合花香，還是菁姐的衣袖輕香。……花梗梢頭的藕絲拖得長長的，微微飄動，又纏在她的手腕上。她的眼神徘徊於花與大哥之間。剎那間，大哥的眼神也落在花上了。我卻仰臉從荷葉縫中望著碧藍的雲天，心中微微感到點寂寞。

（琦君，2004）

以古典詩詞韻味轉化而出的含蓄心境，表現了小說人物的點點哀愁，不僅婉曲地訴說了作者對詩詞話語特質的熟稔，而如此的文墨同時也可視為她對生活的體認與追求。在〈長溝流月去無聲〉裡，她便引出陳去非的〈臨江仙〉來訴說這份由悠閒、孤高與寂寞交織而成的生活況味：「長溝流月去無聲，杏花疏影裡，弄笛到天明。」以明月、杏花和弄笛人來增添分隔兩岸的戀人，內心深處的孤清。琦君信手拈來古句，同時也點綴了新文藝的光彩：「新詩、舊

在〈長溝流月去無聲〉裡，她引陳去非的〈臨江仙〉來訴說這份由悠閒、孤高與寂寞交織而成的生活況味：「長溝流月去無聲，杏花疏影裡，弄笛到天明。」以明月、杏花和弄笛人來增添分隔兩岸的戀人，內心深處的孤清。

明 唐寅‧溪山漁隱圖卷

詩原是一個家族，兒孫們偶然戴上老祖母的珠翠，或將一條古色古香的花邊鑲在時裝上，豈不益見得容光煥發，別具新裁呢？」（琦君，1987）古典詩詞裡的生活節奏，不斷地飄然隱現於小說場景裡，像是古老的祖母綠與眼前美景中女兒綠的一場對話，使得琦君小說裡的詩化氣質更為細密緜長：

　　屋子裡靜悄悄地，沒一點聲息。只聞得一縷淡淡的幽香，撲鼻而來。藍色的紗帘垂著，陽光灑落在窗臺前的瓶花上，回頭見靠牆琴桌上放著一隻深淺綠花紋的古雅小香爐。爐煙嬝嬝，一縷幽香，正是從那兒散布出來的。壁上懸著一幅風姿綽約的翠竹，意境悠遠。（琦君，2004）

　　在琦君的許多小說裡，都有如此一段幽靜的歲月，伴著微帶感傷的琴音，處處散發出即使憂愁也算輕快的情調。品味這些符號所構成的意象，使我們領會客觀物質內蘊著作者思想意向中所欲傳達的神韻。而這些小說的詩化特質，其實也就是一種新、舊文學之間轉化的

爐煙嬝嬝，一縷幽香，正是從那兒散布出來的。壁上懸著一幅風姿綽約的翠竹，意境悠遠。

元 高克恭·竹石圖軸

125

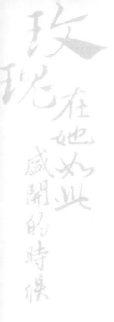

成果。古詩的情韻曾經受限於形式固定的拘束，欲上天下地興發魚龍變化，卻又不得不為工筆的美學框架所圍。它的精神與價值逐漸於篇篇似曾相識的起承轉合中慢慢渙散，卻幸而在新文學裡，重新找到了語言親切、形式自由的鮮沛活力。

隨著意境與心境的結合，琦君詩化了日常生活的氣息，將讀者領入她悠閒淡遠的文學世界裡，在素描家常夫妻、情人、朋友與親子等互動關係時，讀者彷彿面對著一個相識的朋友，聆聽她娓娓道來人間情事。那些平凡又溫馨的生活題材裡，有歡愉時光，也有悲苦歲月。涵詠於字句之中，體會其溫潤的餘韻，我們所感受到的也就是家居歲月裡淡泊寧靜的生命情懷。

## 分不清天上人間

人生的體驗是文學永恆的課題，其間愛情萌生、滋長、茁壯或者凋萎所牽引出的心靈波濤，則又是文學家形塑百態人生的靈泉。愛與生命的意義，揚

琦君

起了隱喻、寄託、興發與聯想……的風
帆，使得文學作品在消長的浪花間，躍
向一次又一次的生命高度，直逼人生的
終極關懷。

琦君的情愛書寫溫柔敦敏，於浪
漫纏綿的縷縷情思之間自有一股雅正
素樸、含蓄曲致的格調。在描寫新婚
之夜，誤會冰釋的時刻，女主角心頭
的喜悅與羞赧時，琦君寫道：「只像
是喝了太多的酒，身子又投入了遠離
塵世的夢境，隨著風兒飄呀飄的，飄到
星球裏、月球裡，飄到了天的盡頭。微
風掀開了綠紗窗，我微睜雙眸，看見正
在偷窺我們的月牙兒亦含羞地躲入雲端
了。」（琦君，2004）如詩的少女情懷
或也將有夢醒的一天，哀樂中年、憂愁
風雨的人生階段，又該如何相信愛情？
「許多人說愛情有如飲啜芬芳的葡萄美
酒，醉了有清醒的一天，又如春天裡嬌
豔欲滴的花朵，雖然美麗而終必凋謝。
我卻始終歌頌愛情如奔流不息的長江大
河，如冰雪裡長青的松柏。」（琦君，
2002）音韻鏗然的內心獨白，呈現情感

許多人說愛情有如飲啜芬芳的葡萄美
酒，醉了有清醒的一天，又如春天裡嬌
豔欲滴的花朵，雖然美麗而終必凋謝。
　　　　　清 李鱓·名花浩蕩春繁華

我卻始終歌頌愛情如奔流不息
的長江大河，如冰雪裡長青的松
柏。
　　　　　清 羅牧·喬木參天

的最強音，只要懂得珍惜，即使正為
淒清的現實所磨礪的人，都能持續看見
愛情散發出燦爛的光輝。這份信心使得
琦君筆下的主人公感到：「自己的心在
澎湃的波濤裏飄著飄著，忽然好像抓到
了一根大樹，一種有力的依傍。」（琦
君，2002）即使聚散匆匆，也不能動搖
這份力量的真實感：「人生的相聚是
短暫的，相互間的情愛卻是永久的，
……到了某一個階段，它可能昇華成一
種更雋永更細膩更甜美的友愛，甚至手
足之愛。」（琦君，2002）句式的自然
律動，詩歌般的音響質地，使閱讀節奏
隨之高低緩急，進而將字句情意深嵌內
心。琦君告訴我們，唯有這樣的愛才能
使人們的心如湖水一般地平靜與包容。
即使在造次顛沛、憂心如擣的風晨月夕
裡，缺陷的人生也並不乏甜蜜的痛苦，
如此已是足夠。

　　在〈失落的夢〉裡，選擇綠茵花
叢來治療心靈創傷的蕙，體現了愛別人
勝過於愛自己的情操，她在遇見丈夫外
遇的對象以後，對於他們的處境深感同

情，於是意識到個人幸福存在的徒然，誠如俄國文豪托爾斯泰在《人生論》裡所云：「愛的開端，愛的根基，不是淹沒了理性的情感的爆發，像人們平常所想像的那樣，而是一種理性的、明朗的，因而也是平靜快樂的情緒。」（托爾斯泰，1999）經歷了心酸、怨懟、憤慨、憐憫等如狂風暴雨的情緒衝擊之後，女主人公以憐惜藝術家丈夫的心，讓她包容也成全了彼此。「我愛他，我應當無條件地愛他的一切，他是個有成就的畫家，我為什麼不能完成一件更偉大的藝術品呢？」這件偉大的藝術品，猶如一首用行動完成的詩，並且是一首飽含了蒼茫人世裡，生命變奏時刻，掌穩了愛與恨、犧牲與報復的舵，使孤舟不致顛覆於洶湧浪濤中，而能夠找尋新生的壯麗敘事詩。在故事的尾聲，女主角說道：「花瓶雖然有了裂痕，我還一樣地愛著它，外形的破損是無關緊要的，何況它只是生活的一部分呢！」作者在平凡的生活裡，凝煉出人生的曠達之美，帶領著讀者游離出現實世界，乘

托爾斯泰《人生論》

著如詩般高尚純潔的愛的翅膀，讓我們的心「無止境地向上昇華了」。

儘管愛能夠使人靈魂不死，然而死亡的陰霾在人生與文學的悲劇裡卻是如影隨形，琦君以愛的眼神看待死亡事件，並以柔婉纖細的詩質美文描寫那靈柩中、墓穴裡的人，曾經有過怎樣的美麗人生。使我們更加深刻地感受到小說裡的詩化特質，不僅呈現在文字所營造的情韻與氛圍裡，同時也隱含在充滿女性特質的情趣與理蘊中。在〈永恆的愛〉裡，小說家開頭寫道：

琦君《琴心》

琦君《菁姐》

初萍已安安詳詳地憩息在他的墓園裡了。當老牧師用聖樂一樣洪亮的聲音，為他得升天堂的靈魂祝福時，我心裡感到非常的寧靜，讓眼淚沿著雙頰淌下來。……我抬頭望蔚藍如水的晴空，浮動著朵朵白雲，彷彿初萍披著翩躚的羽衣，飄飄然步向天堂。初陽暖烘烘地透過我黑色的面紗，像曬著一泓靜止的潭水。

在這個倒敘的故事裡，女主角婉瑩始終為著情人的不治之症而憂心，「我

的一顆心就像懸在半空中，晃晃蕩蕩地不知怎樣才好。」然而不知情的初萍卻在愛情的滋潤與翳護下，重新看見春天桃夭柳枝吐出的嫩芽，聞到溼潤空氣裡泥土的芳香，在小鳥解意的啁啁細語圍繞間，笑容回到了臉上。可惜醫生的話仍像是沉重的磨石，碾碎了婉瑩的心。「他就那麼斷定地說你的病是一種不治之症。叫我如何能忍受這種絕望的痛苦呢？」在寒冷的秋風裡，「你和我一同在院子裡散步……，你是那麼的愉快，而我卻是多麼的憂焦。」這一對向死神祈禱的戀人，緊緊靠在一起的身影，使得小說發揮了宗教祝禱時的頌詩美感。愛與死的美麗依存關係一直延續到琦君的下一篇小說〈琴心〉，故事裡的小婉緩緩地奏起梁老師為父親續完的曲譜，那柔和、甜蜜而充滿情愛的樂調，使她「幾乎聽到了父親的心跳和呼吸。像被擁在天鵝絨那樣溫存的懷抱裡……。」而梁老師追求小婉母親的節拍，又像是春風的腳步，顯得神態駘蕩，作家行文至此也以委婉的筆法點出再現一個完整的家，有小提琴與鋼琴和鳴的溫馨幸福的可能：「碧水樣的晴空飄著幾絲雲彩，輕風送來了醉人的芬芳。我們的心胸裡都開出了燦爛的花朵。」

## 海天遙寄

中國古來離亂文學自愛國詩人屈原的不朽名篇〈離騷〉起，便與歷史治亂相循綿延以至今。歷朝詩人於情感噴薄，樸素白描之間，發揮了震盪人心的氣魄。《詩·大雅·召旻》中所云：「民卒流亡，我居卒荒。」漢末王粲的〈七哀詩〉：「南登霸陵岸，回首望長安。」北宋顛覆之際，江湖詩人劉克莊說：「老身閩地死，不見翠鑾歸。」

李清照

塞門桂月，蔡琰琴心切

以及張元幹的：「雲深懷故里，春老尚他鄉。」還有民國詩人陳子範「關河破碎分南北，豪傑飄零半死生。」驛塵滿路、兵火倥傯、有家難歸的心酸是亂離者的心聲。一群老兵，讓我們回到了歷代相從反覆模擬的悲劇裡。

以流寓文學的角度回溯歷朝亂離之作，如：兩漢樂府：「十五從軍征，八十始得歸。」（十五從軍行）南朝詩人模糊淚眼中「登高眺京洛」、「回首望長安」（沈約〈登高望春〉）則又是七百年不滅的摯情。降及南宋辛棄疾的夜半豪情狂歌：「悲風起，聽錚錚陣馬檐間鐵。南共北，正分裂。」（賀新郎）而一部「稼軒詞」從「海山問我幾時歸？」（臨江仙），到「萬事雲煙忽過，百年蒲柳先衰。」的心灰與悵懣。南北宋各佔一半人生歲月的詞人朱敦儒，到晚年也壯志頓減：「此生老矣，除非春夢，重到東周。」（雨中花），「有奇才，無用處，壯節飄零，受盡人間苦。」（蘇幕遮）

與此同時，女詩人在臨安淪陷、崖

山覆亡之際，被迫去鄉千里的顛沛歲月裡，亦不無慨嘆。李清照的：「春歸秣陵樹，人老健康城。」（臨江仙）：陶明淑的：「塞北江南千萬里，別君容易見君難，何處是長安？」（望江南）吳淑真的：「塞門挂月，蔡琰琴心切。彈到箾聲悲處，千萬恨，不能雪。」（望江南）華清淑的：「萬里妾心愁更苦，十春和淚看嬋娟。何日是歸年？」（望江南）白話寫實的筆觸，刻劃羈旅異鄉的悲情，反映出她們所擔負的苦難。

亞洲華文世界的亂離論述雖然隱微，然而漂流離散的中心，則非台灣莫屬。一九四九年的大遷徙，是繼明末鄭成功率眾渡海來台之後，規模最大與流亡時間最長的分裂。其間文藝作品的表現不僅承續了風騷之旨，以至晉室東遷、宋人南渡時期逐臣遷客、遊子戍人的文學傳統，同時亦開啟了二十世紀亂離文學的另一章。臺靜農曾以「始經喪亂」抒懷，而唐君毅則形容為中國人的「花果飄零」。無論「喪亂」或「飄

思念笑意如湖水清涼的人，也想念他們用臘梅雪煮茶的時光。　　清 萬上遴·梅花

饱經憂患的中年，不會再有如火的熱
情」，而這份友情也將像「綠野平疇中
的潺潺流水，靜靜地、緩緩地永遠不斷
地流著。」
　　　　　　　　清 戴熙·閉門倚春山

零」，我們不能忽略的是此間大批女性
文人的凌空渡海與自由追求。猶如上一
世紀末，出身加勒比海的女作家蜜雪兒
·克莉夫（Michelle Cliff）將女性漂泊離
散的個人經驗及對於「家」這個概念的
變易歷史乃至其間身為女性的身份認同
寫成《天堂無路可通》（No Telephone to
Heaven），因而造就了一股對官方歷史
可靠性詰問的對抗力量，使我們看清女
性書寫所發出的鳴響往往亦是湮沒於歷
史底層之廣土眾民真實的心聲。

　　琦君的亂離書寫每每隱身在小說人
物與主要情節的歷史背景裡，作為詠嘆
情愛世界聚散無常的基調。小說〈探病
記〉裡描述蔚如在大雨滂沱中，下鄉探
望子安妻子的病。如果當年沒有一場徐
蚌會戰，那麼蔚如和子安應該早就在蘇
州結褵了。數年後相繼來到台灣的一對
戀人所必須面對的是物是人非的困局。
那些如煙的往事總是令人輾轉不能入
夢：

　　他恍恍惚惚地想起十餘年前無憂
　　無慮的日子，想起在蔚如蘇州的家

中，和蔚如的母親弟弟們嗑玫瑰瓜子，嚼松子糖，閒談笑樂的情景。

這場「東周春夢」同時也是萱弟記憶深處最美的場景：「……三輛自行車，肩並著肩齊向湖濱公園，躺在柔軟的綠茵上憩息片刻，再經長堤從裏湖兜回來，一路上的水光山色，滌淨了我們心頭所有的憂慮與塵垢。……我們笑著、唱著，像三個剛剛下凡的神仙，懵然不知人間有煩惱事。」（〈菁姐〉）而〈長溝流月去無聲〉裡，婉若的心境也如同「人老健康城」的李清照：「來臺灣以後，這顆心好像一直在等待中，一年又一年的……。」思念笑意如湖水清涼的人，也想念他們用臘梅雪煮茶的時光。

在「雲深懷故里，春老尚他鄉」的遲暮心情下，〈探病記〉裡的蔚如還是必須在極端地壓抑之後，才能面對子安。「有時，她覺得明明在說些言不由衷的假話，來哄著子安，寫完了一封信，心裡反倒更不安、更空虛，於是又撕去重寫。」他不能任由澎湃的心

琦君

潮一氣發洩在紙上，那會使得子安更像浪裡孤舟。面對子安的妻子若珍則更必須故作輕鬆地安慰道：「亂世的離合算得了什麼，過去的事不必再提好嗎？」這場亂離悲歌，不會有終結的一天，對於情愛的思念就像小冰店簷前一串巧奪天工的大蜘蛛網花，即使每日清晨被人撣去，必定重新吐絲。也像是菁姐手裡的荷花，「花梗梢頭的藕絲拖得長長地，微微飄動，又纏在她的手腕上。」（〈菁姐〉）而琦君也一再地將小情化為大愛，讓蔚如下定決心使自己更忙碌也更麻木，好多掙一些錢「為子安，也為若珍的病」，一如〈快樂聖誕〉裡的子豐與淑君，「好在彼此都已是飽經憂患的中年，不會再有如火的熱情」，而這份友情也將像「綠野平疇中的潺潺流水，靜靜地、緩緩地永遠不斷地流著。」如此一年等過一年的飄零之感，直是稼軒詞中「萬事雲煙忽過，百年蒲柳先衰」的現代寫照。

琦君

探索女性文學的綺麗世界

## 重寫綠窗舊夢，覺來渾不分明

　　琦君在《琴心》一書的〈後記——未有花時已是春〉裡說：
「三十八年倉卒來台，不曾攜出一絲一毫的紀念品。」悲愴中只能
時時銘記身為軍人的父親，曾經在她二十歲生日時口占之詩，還有夏
老師給她的絕句與信。這本書的出版便是為了紀念亂離中相繼去世的
雙親以及留在大陸的老師：「這一字一句裡，有我的歡笑，有我的眼
淚，有我對過去不盡的懷念，對未來無窮的寄望。……我們是從故鄉
來的，還是要回到故鄉去……。」琦君在古典詩教與追尋故鄉的道路
上寫作，她用湖光山色、芙蓉藕絲營造情愛的環境與意象，那些如詩
如畫的景色比現實世界更容易浮現於小說中人的腦海，寫意的筆調下
展開了夢境般靜美的航程。在客心孤寂中，小說中人面對著季節的更
迭而陷入沉思，作者運用富有詩質的文字描畫出一幅幅人物與情節交
融的心靈風景。這些簡單的故事背後處處可見飽經憂患、深懷故里的
愁思，以及淳厚雋永的生活氣息。其實流亡意識最核心的地帶，並不
一定具有強烈的政治色彩，文人於出入行藏之間，逐步走向世界的
邊緣，用自己的聲音召喚而出的人文話語，或許才是我們以修辭的角
度重新體認歷史沉重感的開端。校訂青春舊作，琦君想起了蔣春霖的
〈風入松〉：「風懷老去如殘柳，一絲絲漸減春情。重寫綠窗舊夢，
覺來渾不分明。」

**【參考書目】**

1. 張文伯，〈琴心‧序〉，《琴心》，台北：爾雅，2002年12月1日初版。
2. 楊昌年，《現代散文新風貌》，台北：東大，1998年。
3. 徐志摩，〈我所知道的康橋〉，《翡冷翠山居閒話》，台北：洪範，1996年12月十版。
4. 張秀亞，〈同情與愛情〉，《七弦琴》，高雄，大業書店，1964年8月。
5. 琦君，〈失落的夢〉，《琴心》，台北：爾雅，2002年12月1日初版。
6. 琦君，〈漫談創作〉，《琦君小品》，台北：三民，1969年10月再版。
7. 琦君，〈夢中的花朵兒〉，《琦君讀書》，台北：九歌，1987年11月再版。
8. 琦君，〈菁姐〉，《菁姐》，台北：爾雅，2004年5月初版。
9. 琦君，〈不薄今人愛古人〉，《琦君讀書》，台北：九歌，1987年11月再版。
10. 琦君，〈紫羅蘭的芬芳〉，《菁姐》，台北：爾雅，2004年5月初版。
11. 琦君，〈姊夫〉，《琴心》，台北：爾雅，2002年12月1日初版。
12. 琦君，〈失落的夢〉，《琴心》，台北：爾雅，2002年12月1日初版。
托爾斯泰著，許海燕譯，《人生論》，台北：至文，1999年7月再版。
（本文發表於2005年12月，中央大學琦君研究中心「橘紅夢老三千水，留讀琦文百萬燈——琦君及其同輩女作家學術研討會」。）

# 第六章

# 亂離中的追求

## ——女作家渡海

### 拾箱與失鄉

狂飆迷離的一九四七至一九五一年間，國共內戰的情勢由和談的氛圍急轉直下，戰局風捲殘雲，四九年二月前後是兩岸人們決定去留的關鍵時刻，遲疑之間已改變了許多人一生的命運。數以百萬的軍民奔逃渡海的結果是在台灣渡過了後半生。

這段時期來台的大陸女作家，諸如：蘇雪林（1899~1999）、謝冰瑩（1906~2000）、沉櫻（1907~1998）、孟瑤（1919~2000）、張秀亞（1919~2001），以及聶華苓（1925~）等，多生長於五四至後五四時代，不僅接受過新式教育，更對於自由主義傳統的體認與嚮往，具有高度信念，在從事創作、教學、翻譯、採訪或編輯等職業多年後，渡海來台，並於國語政策推行下，展現了高質量的文學成果，同時也造就了女作家群活躍於台灣文壇的時代。其中將刻骨銘心的渡海經歷，以及

蘇雪林《天馬集》

謝冰瑩《愛晚亭》

謝冰瑩《我的回憶》

孟瑤《風雲傳》

流寓初期所思所感，娓娓細訴予廣大讀者，且蜚聲於文壇的散文女作家，可以徐鍾珮及羅蘭為代表。

徐鍾珮（1917~）於一九五○年六月十日，提著一口大箱子跟著大眾登上基隆港起，四個月間，寫下了《我在臺北》（徐鍾珮，1951）一書，成為日記與自傳結合的散文集。文中歷敘船上生活的種種艱辛與慰藉，抵台後從寄居到建立自己家庭的周折。其間曾深刻感受到與難友們高談闊論的暢爽，也有失去小外甥女的哀悽痛惋，以及對於家庭主婦所承受的沉重負擔，寄予同情和理解。在發現了台灣之美的同時，亦以曾經駐派英倫的經歷，對於來台後所見國際局勢之人情冷暖，感慨良深。

羅蘭（1919~）本名靳佩芬，於一九四八年四月二十九日，帶著擺脫前半生歲月，和甩脫詭譎內戰的想望，隻身來到了基隆港，手裡提的是兩只輕若無物的小衣箱。將近五十年後，她的腦海裡總不忘記的是：「我那有生以來第一次的『海行』」。遂於一九九五年寫

下了回憶錄「歲月沉沙」第二部《蒼茫雲海》（羅蘭，1995）。將畢生對父親的思念，以及立足台灣半世紀所闡發之文化總評，消融在生活的涓滴裡，匯聚成江水滔滔的宏觀與細述。

以二十世紀世界文學史的角度審視，極權與共產主義所帶來的壓迫，導致蔚為可觀的流亡現象，從而引發流亡文學的興起。舉俄羅斯人為例，自二十世紀上半葉起，由於政治因素的割裂，蒼凝的西伯利亞大草原下的文學傳統，儼然形成一分為二的局面：一是俄國本土境內的「蘇聯文學」；另一為匯興於俄國本土之外的「流亡文學」。然而流亡海外的俄國作家，畢竟不是人人都成了索忍尼辛。原因未必是流亡作家之缺乏自覺意識，而是在於離開祖國的文化母土之後，這群失鄉者也同時陷入失語狀態。流亡歐美的詩人、散文與小說家，在文學語言竭力於「西化」，甚或「美國化」的同時，他們確實使得俄國文化漸為西方世界所了解，卻不見得對蘇聯本土文學產生影響。然而，當蘇聯

孟瑤《孟瑤讀本》

張秀亞《北窗下》

張秀亞《三色菫》

聶華苓《三生三世》

聶華苓《鹿園情事》

文學淪為黨的附庸之後，這批在柏林、巴黎、布拉格寄居的邊緣人始終又自覺著自己才是俄國文化的真正繼承人。

一九四七年以後，流寓台灣之大陸文人所發展出的流亡敘述，與上述景況，甚至於東德、北韓等國之流亡現象，可謂同中有異。首先，大陸寓臺人士並非真正流亡國外，雖然多數作家均曾反映台灣文化、語言、風土與大陸的差異，然終因文藝、國語政策與作家個人意識型態的契合，以致流亡作家不僅不曾失語，反而相對地容易取得發表場域。而台灣社會的「美國化」與「西化」，又緊繫於現代化的需求，與台海安全穩定的基本原則之上，於文藝層面，則進一步開啟了現代派思潮。現代主義之流行於台灣，某種意義上是填補了高壓政權下，出走美國乃至於無以為繼的自由主義思潮。新生一代作家運用意識流之文學技巧來建構他們所承繼自父執輩之流亡生涯中的片斷，此與他國流亡者第二代之遠離祖國，及其西化的發展方向，不可同日而語。齊邦媛曾

述及眷村文學道：「五〇年代或者因為
呼喊『反攻大陸』而有過短暫的自慰。
那時兵尚未老，在等待反攻的那些年，
筋血未衰，尚在村口樹下口沫橫飛地
講述忠孝節義，講八年抗戰。這些講述
留在當年幼小的聽眾心裡，成為眷村第
二代創作靈感的一大根源。」（齊邦媛
1997）。

蘇雪林

　　儘管如此，戰後東渡來台的大陸作
家，因政權激變，而拾起衣箱，踏上流
亡的道路，從而改變了台灣文壇的發展
方向與政治格局。僑寓文人從「權作避
秦」，到「收復無望」，乃至於「終老
斯鄉」的輾轉創作心路，終使得「流離
意識」成為重要的台灣文學現象之一。
外省作家凸顯出海外孤島作為民族流亡
中心的特殊意義，直到第二代作家的出
現，讀者都還能夠從他們的作品中清晰
地察覺到中國人退守台灣的流放悲情，
及其身處邊緣，卻又胸懷中心的文化意
識。他們將個人的境遇，比附在整體
國家命運的那種「憂時傷國」的態度，
被白先勇斷言是：「繼承了五四時代

作家的傳統。」（白先勇，1995）從大陸到台灣，生於「五四」，長於「後五四」時期的女作家，因其本身才自重重束縛中解脫出來，於是將二十世紀新文藝女性的自由、解放觀點，與臺灣現實生活中奮鬥的經驗相互結合，並落實在流寓生活書寫裡，進而翻新了自古以來「流亡」與「女性」相結合的概念與本質，進而形成台灣「五四」女學傳統與新流亡論述的合流。徐鍾珮於〈書中情趣〉一文中提及：「輾轉來台，我雖也割愛了一部份書籍，但是大部份還跟著我流亡。」又在〈羅馬不是一天造成的〉文中指出：「在大陸上最後的首都成都撤退，台灣身價大跌時，我的友朋們都已經安居下來，都已經能接受和安頓自己一批流亡來台的親友了。」（徐鍾珮，1951）。

## 海行是家的延伸

離開吧！在這黑暗愈來愈濃密的時候。（羅蘭，1995）

當戰爭剝奪了人們理想和現實中的家鄉時，乘船渡海便成為流亡生涯的第一步。一九四八年三、四月間，東北戰事緊急，二十九歲的羅蘭感受到自己在有形的戰爭與無形的黑暗中尋不到出路，日日所面對的是無望的歲月，她急欲掙脫這種無奈的陷落感，於是奔向海外之島的渴望，如同生命對空氣和陽光產生自然而然的生物趨向性一般。她登上了和順輪，離開大沽口，駛向上海，輾轉來台。

在港口等待潮水之際，彷彿船也遲疑起來：「真的要走了嗎」，她起初的構想是：「我所要追求的是一個短暫的『海闊天空』。」（羅蘭，1995）作者在船上乘著晚風，將星空設想成「藍緞上灑著大把的碎鑽」，擁毯倚坐船頭，隨著船身左右均勻地搖晃，感覺像在母親

的搖籃裡。於是她在大海上漂泊的時日
裡，想起了自己的母親。想到母親推動
他們兄弟姊妹七人搖籃的手。如今在漫
天烽煙裡，始慶幸母親的早逝。女作家
呢喃道：「我好像是很快樂。」並非真
感快樂是因為心繫遠方的家人。朦朧的
意識裡，女性始終對於提起皮箱、登上
輪船出走一事，感到自己在戰爭中，對
於家人是殘忍和麻木的。如若沒有這份
殘忍和麻木，如何斷然與「家」分手，
成全自我？羅蘭晚年回顧、剖析這樣
的心情道：「你曾想念過他們嗎？在長
長的歲月裡，你曾為自己的不孝而不安
過嗎？沒有，好像沒有，似乎沒有，大
概沒有。……」（羅蘭，1995）不敢肯
定，不能深入追問，因為炮火下顛沛流
離的滋味，已使人們善於克制，克制自
己不要悲傷、不要懷念，於是近乎沒有
牽戀。

　　然而顛沛之間，女性的皮箱與輪
船的故事，仍在持續中，並且隨著局
勢的遽變而愈加倉促與緊急。一九五
〇年六月十四日，徐鍾珮說：「南京

羅蘭《歲月沉沙三部曲》

冰心《寄小讀者》

淪陷了，隨著也淪陷了我的家，和我旅伴們的家。」（徐鍾珮，1951）
她形容當初所乘的太平輪二等艙是「一個黑黝黝的大洞」（徐鍾珮，
1951），人一下洞，便有一股異味撲鼻，地下又濕又黏，原來是一艘
貨艙改裝船。儘管如此，她仍然十分珍視這同船渡的緣會。對於船上
的旅伴伸出溫馨的援手。與她同行的四位太太平均每人兩個小孩。當
孩子們一會兒吃，一會兒吐之後，徐鍾珮說：「我滿床成了一幅五彩
圖。」（徐鍾珮，1951）想爬出船艙透透氣，結果「甲板上黑壓壓的
都是人」，由她代為照顧的兩個辮梢走了樣，短髮已蓬鬆孩子們，就
成了「黑洞中的天使」（徐鍾珮，1951）。海風下，浮動的船身中，徐
鍾珮想起的是另一位女作家，海軍將領之後——謝冰心。不暈船的冰
心，自幼環繞在海隅、水兵和軍艦之間，她據此傾訴對父親的孺慕：
「這證明我是我父親的女兒。」見船就暈的徐鍾珮遂又進一步聯想：
「我的父親不是海軍出身，我也證明了我是我父親的女兒。」（徐鍾
珮，1951）

在女作家的皮箱與輪船故事的背後，分別隱藏著母親和父親的身
影。無論已婚或未婚（渡海之際，羅蘭未婚，而徐鍾珮已婚。）身為女兒
的意識使他們將船身的意象幻化、聯想為溫暖的雙親，並藉由「母親
的搖籃」與「我是父親的女兒」等想像與宣稱，使得海行成為家的延
伸。女作家透過私密的感官體驗，以及對其他女作家的認同，將其所
重視的瞬間印象，諸如：星空下搖晃的船恰如母親推動的搖籃，以及
暈船噁心等具體感受正說明了自己是父親的女兒等跳躍式的聯想，使
意象在似連非連之間，暗示了內心的思鄉情懷，並以此直覺來縮合短
暫的「流亡離散」與永恆的「思鄉懷舊」等兩大主題。

在相同議題上，男作家亦有渡
海回憶的鋪陳，桑品載於2000年寫
下的乘船渡海回憶：「……俯著欄
杆看海。家早已看不見，甚至連方向
都亂了，母親這時候在做什麼呢？祖
母和父親有沒有回家？姊姊去不成台
灣只好嫁到上海去了……。」此外，
張系國等人亦曾回憶當時的情景：
「那年五歲，在南京火車站的逃難人
潮中，終於被人擠入開往上海的火車
裡。母親卻在車外擠不上去，火車即
將開走，好心的人把張系國從車窗遞
給嚎淘大哭的母親，如果那時就此走
散，不知道現在我在那裏，……站裡
已經不賣票了，全隨人自由上下。行
李塞上車後，我從窗口爬了進去，蒙
頭蒙眼被車裡的人拉拔站住了，睜開
眼，只見滿坑滿谷擠得不成樣的人；
車頂是人，車窗是人，一地全是人
……。」（余幸娟，1987）。相較之
下，女性作家借物質世界可感之物，
間接而朦朧地表達出精神狀態中的事
實，均帶來了掩映於亂離處境中的情

齊邦媛、王德威
《最後的黃埔：老兵與離散的故事》

思與想像。於此思維中，徐鍾珮將倉皇亂離之間所遭遇的暈船嘔吐等難堪的窘境，以「幽默而情味的文字」，諸如：「……小迪吃了兩口，哇的一聲吐得我一床，毛毛心裡一慌，稀飯打翻，我滿床成了一幅五彩圖，有稀飯，有肉鬆，有燻魚，有榨菜，有……所有大肚子的太太，也全暈船輪流嘔吐。我的床鋪，又暫時做了垃圾轉運站，所有痰盂，橘子皮，瓜子殼，都由我經手……。」（徐鍾珮，1951）舉重若輕地排解了苦難中的憂愁與紛擾，於輕鬆的生活態度與認真地追尋自由之間，面對真實卻又荒謬的人生，展開自我的胸懷，笑看浮世繪裡的悲欣與種種的意外和落差。於是女作家打破了流亡生涯的固定觀點，化沉重為輕靈，進而形成女性流亡書寫的特殊風貌。

## 旅人之思

歷史以治亂相循展演出綿延的文化軌跡，古來描寫大時代中人們流離失所的「亂離文學」，往往因詩人感情噴薄，樸素幾筆便產生生動的場景與震撼人心的氣魄。羅蘭曾說：「多年來，我只敢看蘇、辛、陸、朱等詞家清曠的作品。他們幫我超然，助我擺脫。」（羅蘭，1995）陸游筆下：「一個飄零身世，十分冷淡心腸。」遷台文人經歷了離別與割捨，面對飄零的身世，提煉出一副「獨來獨往」的「冷淡心腸」。流亡女性寄情於古典詩詞，抒發故國式的離愁，在念舊懷古的文學幽思中，暗自擁有一個屬於自我的「長安」，也在畢生修築感情的堤防背後，借古人所云，向家人說一聲：「別來將謂不牽情，萬轉千迴思想過。」

亞洲華文世界的亂離文藝論述向來隱微不顯，然而若論漂流的

中心與代表，則非台灣莫屬。一九四九年的大遷徙，是繼明末鄭成功
率眾渡海來台之後，規模最大與流亡時間最長的大分裂。其間文藝思
想頗有承續晉室東遷、宋人南渡以降，逐臣遷客、遊子戍人的傳統，
同時亦開啟了二十世紀亂離文學的另一章。臺靜農對此文人處境，
特以「始經喪亂」陳述之（臺靜農，1991）；而唐君毅則形容為中國
人的「花果飄零」。無論是「喪亂」或「飄零」，台灣作為中國民族
的離散中心，在政治及國際社會上的意義是將塞外小島轉移為國府中
心；就文化層面而言，這一座孤島對遷台客來說，是逃避現實的世外
桃源，朱天心在小說〈古都〉的結尾裡引用〈桃花源記〉來訴說移民
台灣者的心境。可視為其繼《想我眷村的兄弟們》之後，對於行旅間
遷移與放逐者的逃避與追尋之雙重複雜心態，所做的進一步詮釋。此
外，台灣又是抗敵的精神堡壘；既是異鄉又是家鄉；既是國家又是省
份……。在多重身份迷失、憂國情結蔓延與危機意識深重的遷台作家
身上，女性借用自然物象，包括風土景緻的色彩、香氣，乃至於音調
等感官上的交錯、互用，來提升古來傳統流亡書寫的民族大義與悲憤
之情，則時而有之。

　　羅蘭曾經回憶道：「因為我喜歡旅行」（羅蘭，1995），於是她用
「旅人的心情」來到台灣，並且幾乎是在開始於新公園內的電台上班
的同時，便欣賞起亞熱帶蓊鬱的花和藤蔓。女作家所鍾情的九重葛和
牽牛花等，都是具有「隨遇而安」，以及「閒適之美」的攀豌植物。
她說：「那柔軟的感覺使你覺得它們是那麼自在。」（羅蘭，1995）對
於中國式的「安閒感」，羅蘭自有一番體會，她引用沈和及陸游的詞
來詮釋她的心境：「見芳草，映萍蕪，聽松風，響寒蘆，我則見，落

照漁村，水接天隅，見一簇，帆歸遠浦，他每都是，不識字的慵懶漁夫。」「輕舟八尺，低蓬三扉，占斷蘋洲煙雨，鏡湖原自屬閒人，又何必官家賜與。」（羅蘭，1987）。她說：「『悠閒』的形成，有儒家的鎮定，也有道家的飄瀟。所追求的都是一種更深遠、更寬廣的精神內涵。」「中國人越是事業上有成，越是書唸得多的人，越使人覺得他悠閒。」（羅蘭，1987）台灣社會逐漸步向現代化與商業潮流之際，羅蘭所提出的精神內涵，實質上正是深刻的人文關懷。她強調「閒世人之所忙」的冷靜心態。因為「閒」則能步伐穩定、放寬視野，進而讀書、交友、飲酒、著書，乃至深謀遠慮、未雨綢繆、制敵機先……。她自我期勉於眾人所盲目奔逐的事物之外，擷取為人所忽略卻有意義的事情來從事，以求貢獻一己之力。

　　寫作相對於俗累所產生的「閒情」，其實是給女作家保留了工作與家事之餘的最後一點私人領域。羅蘭曾在丈夫帶著孩子去看電影的時候寫道：「我難得有段空閒的、屬於自己的時間，就坐在飯桌前，找出紙和筆，想寫點東西。」（羅蘭，1995）「我喜歡寫東西喜歡到不知為什麼要寫的地步。反正只要給我一支筆，一些紙，我就覺得既快樂又安全。」（羅蘭，1995）女作家在瑣碎雜事、閒言碎語和婦職家事之餘，以「偷閒」心情遣發靜觀樂趣，寄託書興幽長，以建立自己存在的價值，設法從空虛中脫困，於是著意觀察生活，體驗台灣的文化差異。舉凡：榻榻米、木屐、扶桑花，以及任何一種周到的待客方式，乃至於每隔一段時日徹底的衛生檢查等日本遺風和情調，在在使她連接起「這一代」飽經戰亂的中國人的身世。

　　而這一切在心境上所映照出的陌生與淒清，最後都化解在「旅行

者」的心態中，讓離開母土的無根與脆
弱的心，能夠從記憶、懷舊當中暫時抽
離，以致從不同的角度，使自己成為擁
有新發現的欣賞者。而羅蘭在颱風雨
中欣賞花木的飄瀟，則又進而將欣賞
者的視角轉變成一位「創作者」：「切
身的苦樂幾乎在一瞬間都可以變成一
個故事、一幕戲、一部小說、一首詩、
一首歌……很值得寫下來。」（羅蘭，
1995）於是寫作成為女性跳脫與化解
「當局者」苦樂的轉化劑。

臺靜農《逸興》

　　旅人的心情也同樣地出現在徐鍾珮
的〈發現了川端橋〉，她說：

　　我想我永不會忘記我對川端橋的
第一眼！太陽正落在橋的那邊血紅金
黃，橋邊一片平陽土地，河水清澈，
有幾個穿著花裙的女孩子跪著在洗滌
衣服，橋邊一輛牛車，緩緩而行。

　　我呆立不動，久久無言。……
（徐鍾珮，1951）

　　徐鍾珮初到台北，於水源路旁，發
現了川端橋映在遠處的一抹青山和近處
閒立的幾幢房屋之間。循橋東行，聞著

農家的泥土氣息，感受到靜穆與幽嫻的自然之美，比家鄉玄武湖的湖光山色，有過之而無不及。剎時間的驚異與贊嘆，為日後的卜居於水源之濱，帶來了每晚太陽西墜時的橋畔閒步。作家將自我映襯於局勢不定間，隻身流寓離散的寂寞心境，使她在清晨月夜，攜書至此，踽踽獨行中遠眺遙遙的天際，在微風中遣送當時的愁緒，也盼望從這不知名的靈感裡，找回失落的東西。

所謂失落，是一種無以名之的惆悵，是生活中不算奢侈的寄望，包括了對於摯愛的人的懷念，在山河變色與不斷地奔波中，遭受到折磨，因而面對過去時，但覺不堪回首；展望未來卻又引發生命力奄奄一息的感傷。羅蘭說道：「當初那阻擋我的，是有形的戰爭，後來這阻擋我的是無形的環境。它不向任何人宣戰；它只讓你在四顧漆黑中無奈地陷落。那是一種沒有形貌的猙獰。」（羅蘭，1995）失落，或曰陷落，在另一位散文家張秀亞的筆下，亦曾深有所感：

孤獨與寂寞做了我的雙翼，我是一隻愛唱卻不善唱的鳥，我永不是四月林中的新來者，能唱出歡欣的歌。（張秀亞，1968）

女性此時所找尋的，哪怕是一點莫名的靈感，即使只能為白雲畫像，為山泉錄音，也擬擷取留存。於是寫作，成為一種生活態度和生存方式，為一葉浮萍的迷茫與惶惑，找到充實感，以安頓心靈的家。是「國軍轉進，戰爭失利」之大局混亂中，收拾自我這個小殘局的途徑與慰藉。

旅人的心，是暫時脫離如同漂浮在和體溫一樣溫度的水中，而失去數種感覺的狀態；以追尋未知領域的探險和尋覓的精神，去擴充自我的知覺界定和意識邊界。遷台女作家倚賴著，遍佈在生命中每一件

事物之細膩描繪，將明亮燦爛而情感洋
溢的大大小小故事碎片，拼組成有意義
的生命式樣，以展現其感官知覺曾經越
過多少不同時空的文化領域。羅蘭說：
「小快樂才是構成人生樂趣的主要旋
律。」（羅蘭，1974）如同一九四八年
來台的女性小說家沉櫻。她曾經在苗栗
頭份一帶，過了一段翻譯與寫作的淡泊
生活，卻也是一段人生夕陽裡的光彩。
沉櫻喜愛描繪生活中的小事物，她說：

張秀亞

　　我對於小的東西，有著說不出的
偏愛，不但日常生活中，喜歡小動
物、小玩藝、小溪、小河、小城、
小鎮、小樓、小屋……，就是讀物也
是喜歡小詩、小詞、小品文……，特
別愛那「采取秋花插滿瓶」的情趣。
（《關于〈同情的罪〉》）

　　在頭份果園中所構築的「小屋」
裡，沉櫻以散文〈果園食客〉記錄生
活樂趣，寫出台灣鄉情中大自然的花
鳥風雨之情，遂使其「小屋」聞名於
台灣女作家之間。掙脫戰爭與逃難的陰
影，克服了離家的艱辛，女作家來到台

灣方始擁有維吉尼亞・吳爾芙所說的「自己的房間」（Virginia Woolf: A Room of One's Own），她們以領略台灣之美的心境，轉化為隨遇而安的文字。因為旅行者的另一重心境正是「隨遇而安」，是以羅蘭說道：「人生遭際不是個人力量所可左右，在詭譎多變，不如意事常八九的環境中，唯一能使我們不覺其拂逆的辦法，就是使自己『隨遇而安』。」（羅蘭，1981）

## 發現台灣發現自己

　　事實上，深植閒情於小事物，同時也正寄託了女性對台灣的歸屬與定位。徐鍾珮於新居階院栽種起玫瑰、杜鵑和康乃馨，在一番縱情盛開，花謝旋又綻露新苞的同時，另有幾株花木卻正由綠轉灰，已至於枯葉落盡，幼芽不生。生活中有希望，也有失望，徐鍾佩說：「大概他們立意不管外界春去秋來，也不管移植的是東鄰西院。我的花樹全秉有倔強個性，只是發展方向不同，一個是離開本土，絕不放青；一個是只要我放青，管它是什麼土地。」（徐鍾珮，1951）台灣對於流亡女作家而言，究竟是否能夠成為滿懷開花結果希望的溫床？梅家玲針對外省女作家的作品做出如下的歸納：

　　這個蕞爾小島的意義其實並不僅止於暫時歇腳的跳板。在為數可觀的女性文本中，台灣代表一個療傷止痛的空間，沈澱洗滌過往的錯失與罪愆；更重要的是它象徵一個希望的溫床，對女性而言，尤其是再出發的起點。（梅家玲，2000）

　　台灣成為再出發的起點，便也意味著乘船渡海是女作家生涯中重要的分水嶺。羅蘭離家時，曾誓言：「絕不願意再由於任何原因而回

到我亟欲擺脫的環境裡去。」（羅蘭，
1995）一九四八年中，就在個人的成長
階段需要一分為二的時刻，海峽兩岸的
政體也同時在進行一場分道揚鑣的政
治隔絕。羅蘭於此時和朱永丹成家，婚
後幾個月內，工作上仍持續播報國軍渡
江、轉進，共軍占武漢、上海等新聞。
台灣從三月限制軍公教人員及旅客入
境，到五月宣布戒嚴，直至國軍完全退
守台灣，兩岸對峙乃成定局。兩岸家書
一片蒼涼，女作家著眼於現實生活，仍
然是在工作與家庭之間旋轉，淡漠政治
的習性，在時局混亂，人們來往穿梭，
無所適從，戒嚴法令人怵目驚心的時
刻，羅蘭抓住當下唯一的希望，面對新
成立的工作與家庭，掩不住興奮地說那
是：

　　我極快樂的生活片段。（羅蘭，
1995）

　　猶如孟瑤小說《浮雲白日》，將渡
海來台，無依無靠的流亡女性在台灣相
互扶持的生活困局，巧妙地轉化為姊妹
情誼下的女性理想烏托邦，用以取代傳

我對於小的東西，有著說不出的偏愛。
宋牧溪・柿圖

統的父權家庭制度。聶華苓也曾在《桑青與桃紅》裡，寫下一群難民以漠視禮教地歡樂作愛來消散流亡者的集體文化記憶。女作家一再地透露其自由追求下對家國與民族思想的解構。亦從而暗示了歷史文化與集體建構記憶出的國族想像，在女性實質生活體驗等思維模式中所佔有的份量。

流亡女作家的認同取向，在韓戰爆發後，進入一波新進程的論述空間。在美方軍援和經援接踵而至的情況下，和收入懸殊的台灣人相比，社會上文職或軍職的美國人，便成為一特殊階層。此一階層雖不至於高高在上，卻將現代化和商業化的觀念，一步步深入台灣。羅蘭省思道：「來台之後，經常發現，本省的家庭和大陸的老式家庭十分相像，所使用的飯桌、供桌、神龕、條案等等家具，都和大陸一般無二。這裡儘管經過了五十年的日本佔據，民間所保存下來的生活型態和傳統禮俗，卻向是比來自大陸的我們這一代還要傳統。」（羅蘭，1995）「我們這一代」，不斷地出現在流亡女性筆下，用以度量兩岸及兩代之間在生活型態與思想上的鴻溝。她們接受「五四」的洗禮，走過三〇年代的內戰與北伐，從中學或大專起，國仇家恨已滲入其學思與心靈。羅蘭說：「這一代人們，無論他是在海峽的那一岸，在一生的歲月裡，所努力以赴的，是救國與建國；而在這慷慨悲歌的漫長生途之中，他們所拚命圍堵的，卻是個人的感情。」（羅蘭，1995）

來台後不久，女作家發現，台灣長者文人從漢詩文造詣，以至於對自己文化的一種無形的信心與堅持，遠勝「五四」以後的大陸文人。然而這一切在日據不曾喪失的文化挺拔姿態，卻在美援之前逐漸垂頭，徐鍾珮感嘆道：「年來的孤淒寂寞是難堪的，但是在孤淒寂寞

裡，也最能悟出真理。」「自從發現
台灣發現自己後……我們看盡了世態
炎涼……」她因鄰近機場，故而對麥帥
座機的來去深具臨場感：「臺灣經緯度
未變，豐姿依舊，以前未蒙青眼，現在
卻又被驚為天人。」對於流寓台灣的抉
擇，她始終堅持自我尊嚴的維護立場：
「即令美國無有第七艦隊，世上無有
美國，我們也不會替自己理想，豎起白
旗。」（徐鍾珮，1951）

聶華苓《桑青與桃紅》

正當台灣經濟起飛，逐步邁向以
開發和經濟奇蹟之際，女作家看到的是
社會潮流指向放棄儒冠，國人轉以小商
人為師，在自我炫耀和標榜的社會習氣
中，她們秉持人文關懷的理性良知，以
更長遠的文化教育觀點省思，並不諱言
道：「我們是失敗的。」於台灣認同問
題上，當許多人捲入中共大規模進攻，
聯合國席次難保，又或許美援不來等
多重漩渦中無法自拔時，徐鍾珮僅以
簡明的一句話答覆異國友人：「任憑
弱水三千，我只取一瓢飲。」（羅蘭，
1995）是女性流亡者強韌姿態的再度

證明。

## 信念與懷念

異地的夜，只是昏昏昧昧。涼涼的夜風吹過來，也像欺生。
（袁瓊瓊，1997）

袁瓊瓊曾代母親如是說道。流寓文人以地理位置所產生的距離
作為開端，從遊子文學出發，帶出身份階級、社會政治、歷史文化等
變動脈絡的環環相繞，將眼前的地理景觀交纏於同一代戰亂下的流亡
者內在的思維裡，進而塑造出不同於在地文人的地理觀照、歷史定位
和人文風物。一再纏繞著流亡者的家國想像與文化制約，終而歸結到
「自我認同」的族群身份標記之中。一生中能夠抵達遙遠的彼岸，無
疑是給予作家另一副眼界，和另一種心境。當文學不再只是酬酢往來
的禮品或政治攻防的工具，進而升華至對命運遭際的思考時，所謂的
作家便誕生了。

中國近代的戰火，從民初延續到五〇年代，儘管名目不一，人
們遭遇顛沛流離的苦況，卻無不同。羅蘭說：「渡海來台時的背景即
使每人不盡相同，一個海峽的徹底隔絕，卻是沒有兩樣。」（羅蘭，
1995）此一隔絕，在所有現實意義之上者，直指「感情」。自倉皇渡
海到重新立足，流亡生涯對於多位女作家而言，有著比一般人更警覺
的感覺世界，和經歷多重文化所衍生之意識流動不息的印象。在不安
與飄蕩的驚夢中，作家藉由書寫以尋覓變動的時代下，唯一凝住不變
的一剎那。而她們的寫作，卻又始終環繞著平實親熱的人生觀。於細
膩的遣詞造句中，抒發其敏銳的感官搜尋，以及各色各樣生活體驗。

而此類日記與自傳體之散文最主要的形
式特徵，在於寫作的意義即是一種詮釋
自我的過程。女作家揀選渡海經歷、流
寓生活加以描繪，實際上是在多樣生命
面向中，組創出一個自我認定的版本，
藉由寫作找到主體的認同。

　　穿過戰亂和離家的陰影，女性運用
日記和回憶錄撒下了點點智慧星光，使
人們於此「亂世之文」中，閱讀到雖是
平淺散文，卻猶如情節離奇的小說；作
家既深陷重重困境，卻又輕靈地於現實
中超越提升。如此「詭麗」特質，使得
這些篇什不再默默平蕪。透過朦朧的象
徵，在是耶非耶的隱喻間，我們仍將發
掘字句背後所有堅強的信念與深沉的懷
念。

袁瓊瓊《今生緣》

**【參考書目】**

1. 徐鍾珮，《我在臺北》，台北：重光文藝出版社，1951.1。

2. 羅蘭，《蒼茫雲海：歲月沉沙第二部》，台北：聯經出版事業公司，1995.6。

3. 朱嘉雯，《亂離中的追求——五四自由傳統與台灣女性渡海書寫》，國立中央大學中國文學研究所博士論文，2002.6。

4. 齊邦媛〈得獎「者」張啟疆——看不見的眷村〉張啟疆《消失的□□‧序》，台北：九歌出版社，1997.1，頁9。

5. 白先勇，〈流浪的中國人〉，《第六隻手指》，台北：爾雅出版社，1995.11。

6. 徐鍾珮於〈書中情趣〉，《我在臺北》，台北：重光文藝出版社，1951.1，頁44、73。

7. 羅蘭，〈是前生註定事〉，《蒼茫雲海：歲月沉沙第二部》，台北：聯經出版事業公司，1995.6，頁11。

8. 羅蘭，〈情感化冰先是痛〉，《風雨歸舟‧歲月沉沙第三部》，台北：聯經出版事業公司，1995.6 頁5。

9. 徐鍾珮，〈重逢〉，《我在臺北》，台北：重光文藝出版社，1951.1，頁25。

10. 徐鍾珮，〈地獄天使〉，《我在臺北》，台北：重光文藝出版社，1951.1，頁3。

11. 桑品載，《岸與岸》，台北：爾雅出版社，2001.2，頁17。

12. 余幸娟，《離開大陸的那一天》，久大文化，1987.9。

13. 李敏勇，《台灣施閱讀——探觸五十位台灣詩人的心》，台北：玉山出版社，2000.9，頁150~152。

14. 臺靜農，〈始經喪亂〉，《龍坡雜文》，台北：洪範書店，1991.3，頁141~148。

15. 羅蘭，〈旅人的心情〉，《蒼茫雲海：歲月沉沙第二部》，台北：聯經出版事業公司，頁45，1995.6。

16. 羅蘭，《從小橋流水到經濟起飛》，「羅蘭小與第五輯」，靳佩芬出版，1987.11，頁118、124。

17. 羅蘭，〈中國式悠閒〉，《從小橋流水到經濟起飛》，「羅蘭小語第五輯」，靳佩芬出版，1987.11，頁 120、121。

18. 羅蘭，〈他們埋骨於此〉，《蒼茫雲海：歲月沉沙第二部》，台北：聯經出版事業公司，1995.6，頁 141。

19. 羅蘭，〈臨時房屋風水好〉，《蒼茫雲海：歲月沉沙第二部》，台北：聯經出版事業公司，1995.6，頁 129。

20. 羅蘭，〈黃葉舞秋風〉，《蒼茫雲海：歲月沉沙第二部》，台北：聯經出版事業公司，1995.6，頁 58。

21. 徐鍾珮，〈發現了川端橋〉，《我在臺北》，台北：重光文藝出版社，1951.1，頁 14。

22. 張秀亞，《牧羊女》，台中：光啟出版社，1968 年。

23. 羅蘭，〈快樂的共鳴〉，《成功的雙翼·羅蘭小語第三輯》，靳佩芬出版，1974.10，頁 117。

24. 羅蘭，〈隨遇而安〉，《羅蘭小語第一輯》，靳佩芬出版，1981.5，頁 15。

25. 徐鍾珮，〈閒情〉，《我在臺北》，台北：重光文藝出版社，1951.1，頁 68。

25. 梅家玲，《性別論述與台灣小說》，台北：麥田：城邦文化，2000，頁 46。

27. 羅蘭，〈「他」是誰？〉，《蒼茫雲海：歲月沉沙第二部》，台北：聯經出版事業公司，1995.6，頁 71。

28. 羅蘭，〈風雲變幻彈指間〉，《蒼茫雲海：歲月沉沙第二部》，台北：聯經出版事業公司，1995.6，頁 89。

29. 羅蘭，〈「模範省」〉，《蒼茫雲海：歲月沉沙第二部》，台北：聯經出版事業公司，1995.6，頁 194。

30. 徐鍾珮，〈我只取一瓢飲〉，《我在臺北》，台北：重光文藝出版社，1951.1，頁 77~80。

31. 袁瓊瓊，《今生緣》，台北：聯合文學出版社，1997.8，頁 60。

（本文發表於 2003 年 11 月，文化大學「回顧兩岸五十年文學學術研討會」。）

# 第七章

春到人間獨早知

——三台才女黃金川

## 白雲隱隱水淙淙，萬里關山一夢通

自九〇年代台灣地區前輩藝文作家受到普遍性的重視以來，「金川詩學」即成為中央研究院重視的研究議題之一。中研院《中國文哲專刊》第四號說明：「《金川詩草》不但反映黃女士個人生活的世界，更在日據時代艱難險巇的環境中，保存傳統詩學的一線命脈。此書具有詩學的藝術價值，也兼有不凡的時代意義。」

事實上，早在民國十九年，二十三歲的黃金川即以台籍女子第一本詩集的殊榮，在上海中華書局出版了聚珍仿宋版的《金川詩草》，總共收錄了她十八歲以來的二百四十首詩。這是她當年遠嫁高雄陳家時，兄長黃朝琴為她留下的青春回憶。爾後，她在年近四十賢妻良母的悠悠人生歲月裡，繼續將婚後的一百一十九首詩歌付梓。

黃金川女士的母親蔡寅（1880~1950），是

日據時代有名的布袋嘴第一美女。雖然年輕守寡，卻有不凡的見識和毅力。她以纏足的傳統婦人之身，攜子女遠赴日本東京，不僅讓金川完成日本精華高等女校的學業，更於在女兒回國之後，聘請多位名師指導她學習古典漢詩文。金川對母親的感情與思念之深，都可以在她日後的思親思鄉之作裡看到。甚至其詩歌中的鄉土色彩與故園情懷，也在在與母親的映象保持緊密的聯繫。

　　根據金川的兄長黃朝琴的回憶，他雖然留學日本，卻時時不忘家鄉與故國。他在日本住處的花園內做了一個臺灣形狀的假山，以示不忘故土。並於留美期間論著 "Formosa Under Japanese Rule"，亟欲將日本殖民高壓統治台灣的情形公諸於世。他心懷祖國，無時無刻不忘脫離日籍，恢復「清白之身」：「我心中恪遵先父遺訓，未嘗一日以日人自居」（黃朝琴，1981）這樣的政治傾向與遊子思鄉，同時也影響了黃金川的思想及其創作：「古來手足知多少，愛我如兄有幾人？」女詩人明白道出她

胡適

對於兄長的眷念情深。《金川詩草》在
上海初版時，書中蘊涵國族情懷的雅正
之音，曾深深感動了學者胡適，他親筆
題贈「宗國遺音」；而革命元勳胡漢民
在讀到黃金川的〈重遊關子嶺〉：「秋
草獨留新歲色，清流長作舊時聲」（黃
金川，1991）時亦讚賞不絕，以「故國
有懷，清流如舊」致贈。可見金川詩學
中，鄉土之愛與故國之思，實為其基本
關懷。

黃金川

此外，詩人在烽火漫天的時代，勇
於面對社會現實的殘酷與黑暗，進而抒
發民胞物與的精神，也不得不歸於她的
老師捲濤閣主人施天鶴（梅樵）對她的
影響。施天鶴以詩文、行草聞名，在乙
未割台之後，寄情詩酒、設帳課徒，對
於延續漢文化於日人統治之下，功不可
沒。他同時也是一位富有民族氣節的前
清遺民，他在〈秋日由高雄歸里諸友宴
於平和樓〉中云：「殷勤咨父老，誰尚
憶神州？」明白表現日據時期台灣詩人
對祖國血濃於水的孺慕之情。黃金川深
受他的教誨，每每於詩中流露出對於民

生疾苦的關切，頗富現實主義的精神。

## 從此威儀失漢官

　　黃金川女士（1907~1990）祖籍福建泉州，清末曾祖遷台，定居於台南鹽水港，以裁縫為業。祖父錦興公始經營糖業，由於業務興隆，又兼營當鋪，並購置不少土地，至父親宗海公已成為鹽水鎮首富。日本據台以舊式糖廠必須改組株式會社為理由，進而操控台灣重要的糖業家族。金川的祖父亦不得不將家族產業併入鹽水港製糖株式會社，自己僅任董事。1930年，黃金川與陳啟清結婚，陳家以南台灣米、糖的外銷起家，陳啟清即擔任家族產業改組為烏樹林製鹽株式會社的董事。

　　台灣淪為殖民地，日、台教育的不平等，以及漢學的日漸式微，都是當時台籍知識界所面臨的危機。黃金川周歲喪父，母親蔡孺人溫婉而堅強，不僅沒有重男輕女的觀念，更重視漢文教育，尤有甚者，舉家遷往日本，讓子女接受最高等的新式教育。黃金川自十八歲於精華高等女校畢業返台後，至二十三歲于歸高雄陳家前，曾先後請益於鹽水鎮月津吟詩社社長蔡哲人，與捲濤閣主人施梅樵（1870~1949）。

　　由於清代閩南擊缽吟的流風餘續，使得來台拓墾的士人皆重賦詩。乙未割台後，日本人為穩定社會，亦刻意籠絡意見領袖及文人學士。凡此，都是造成當時台灣詩社林立，詩風猶盛於內陸的主要原因。而詩人在異族入侵，家國遭逢巨變之際，很自然地將他們的遺民心態，及後期慘烈的戰爭與處於時代夾縫中的心聲，表現在詩歌作品當中，例如丘逢甲的〈離台詩〉云：「宰相有權能割地，孤臣無力可

回天。」氣勢磅礴有力，聲音沉痛已極！閨閣中人黃金川亦曾藉〈震災行〉一語雙關：「樂土傷心遭惡劫，蒼生元氣何時恢。」

日據中期（1920年代）正是世界弱勢族群解放運動翻騰洶湧的時代，而中國在五四運動之後亦隨世界潮流興起一波女權運動，除適應本國國情需要，強調家庭制度與社會經濟的改革，具體提出「不纏足」與「興女學」之外，更進一步立法制定男女平等的政治權。當時海島台灣的婦女也不可能置身於這波潮流之外。日據時期台灣的婦女問題，正夾纏於舊社會的封建體制尚未破除，而新時代的觀念又不斷地湧進，婦女在帝國主義與傳統父權的雙重殖民之下，萌發了一場以《台灣民報》為論述場域的婦權運動。

詩人描寫不甘長守繡房，欲赴京師遊學的女子。
　　　　　清 佚名·深柳讀書堂美人圖

在女權欲振還弱的社會風氣下，黃金川有多首詩歌反映了當時的女性處境。例如她的〈女學生〉：

詎甘繡閣久埋頭，負笈京師萬里遊。

雌伏胸愁無點墨，雄飛跡可遍環球。

書深莫被文明誤，學苦須從哲理求。

安得女權平等日，漫將天賦付東流。

詩人描寫不甘長守繡房，欲赴京師遊學的女子。她認為雖然是女孩子，也應該為自己的學問不夠而擔憂，倘若能夠像男子一般志在四方，那麼足跡亦可遍及寰宇。現代女性不僅要透徹書中的哲理，更要做一個讀萬卷書、行萬里路的新女性。然而理想與現實畢竟還有相當的距離，面對當時台灣女性未獲平等待遇的困境，詩人不禁提出內心的呼喚與訴求。

此外，黃金川在〈秋懷〉中感慨傳統觀念的僵化，她說：「未必無才皆淑德」。在〈雜詠〉第三首中也有：「可憐無用女兒身，千古含冤志莫伸」之歎。在此歷史背景裡，黃金川雖出身富貴，卻依然使人從她的詩中感受到當時社會普遍的性別壓迫與女權難伸等實際的問題。有趣的是，金川作詩不僅重視女權問題，更進一步將她的家國觀念與女性的身體結合起來。〈木蘭從軍〉詩云：

軍書一紙卸釵環，戎馬匆匆出玉關。

飽閱風霜雲鬢亂，慣衝烽火鐵衣斑。

枕戈未做封侯夢，破敵何辭代父艱。

麟閣他年如繪像，功臣畢竟是紅顏。

詩中將「雲鬢亂」和「鐵衣斑」兩詞對仗，相互輝映，呈現出女性的身體和國家領土爭戰之間強烈的拉鋸，作者意欲表達女性的出征，無關權勢與名利，只為年紀老邁的父親能夠免於勞苦，頤養天年。她說：「麟閣他年如繪像，功臣畢竟是紅顏」，其實亦反映了黃金川對女性建立事功的深切期許。

## 孤島風揚發正聲

黃金川在〈觀書〉詩中云：

新篇舊句兩相宜，最愛唐人李杜詩。

萬卷青箱燈一點，管他簾外月斜時。

（其一）

佳句如珠冠一時，吉光片語儘堪師。

漢書閱遍天將暮，呼婢挑燈讀楚辭。

（其二）

她自稱喜愛李白、杜甫、《漢書》、《楚辭》，而這些詩書中的現實主義精神及地方風土色彩，也同時滋潤了她的作品風格。〈震災行〉是詩人記錄一九二七年八月二十五日凌晨，鹽水鎮發生大地震的情景：

歲在丁卯七月秋，星斗滿天月似鉤，

無端半夜天災起，驚動家家幽夢裡，

朱戶柴門啟不開，越牆穿窗急倒屜，

倉皇呼籲竟無門，頃刻一家判生死，

山川震動似雷鳴，地轉天翻實可驚，

消盡電燈成黑獄，嘈嘈耳邊呼喚聲，

天色欲明偏不明，此時一刻似一更，

不知震動還多少，眠庭枕草何時了，

佳句如珠冠一時，吉光片語儘堪師。漢書閱遍天將暮，呼婢挑燈讀楚辭。

清 佚名·深柳讀書堂美人圖

荒磚破瓦亂成堆，財散人亡劇可哀，樂土傷心遭惡劫，蒼生元氣何時恢。

地震發生在詩人的生身之地，因此她所流露出的關懷，不僅是傳統詩學民胞物與的襟懷，同時更有一份感同身受的鄉土之愛。她對於家鄉故園的感懷，亦經常表現在南台灣社會變遷下的人文景觀描述中，例如五言詩〈鯤鯓漁火〉：

> 螢火三更市，漁人八目舟；光輝懸北嶼，閃爍亂東流；
>
> 點點明沙草，星星雜斗牛；客來堪極目，晚上赤崁樓。

在南鯤鯓漁民深夜捕魚的描寫中，讓人體會到他們的辛苦。〈蠶婦〉詩中亦云：「環境自窮心自足，此生何羨綺羅人。」桑下養蠶的農婦年復一年分繭抽絲的辛勤景象宛然在目，而高雄苓洲迥異於台南的人文景觀，亦在金川的筆下展現，〈偶作〉云：

> 牧童歸去晚風和，十里平原漲綠波。
>
> 自是苓洲風景異，農人居比釣人多。

這些詩作不僅留下了五、六十年前台灣農、漁村社會的生活景象，同時亦注入了中國傳統知識分子的良心和真情。

日據時期台灣地區詩社林立，南部尤其風雅益揚。黃金川曾隨母親先後居住於鹽水鎮及赤崁城西。她的老師蔡哲人是「月津吟社」的社長，副社長即是黃金川的二哥黃朝碧。當時閩南流行擊缽吟會，「南社」社長趙雲石曾提及金川「奉母僦居於赤崁城西，曾小集擊缽於其寓。」（趙雲石，1991）可知當時台灣雖然被視為孤懸海上的化外之境，卻也不乏班姬謝女一類的詠絮之才。她們彼此習染，互相唱和，為刺繡結穗之外，憑添精緻的文學生活。和黃金川交遊的女詩

人，包括同嫁高雄陳家的林淑卿、蓮社創始人之一的蔡月華、作品刊登於《臺灣詩薈》的蔡黛彬，以及嘉義「琳瑯山閣」主人張李德和等。

黃金川在〈歸月津留別黛彬雪瓊〉詩中説：「從此雲山三百里，但憑幽夢到君家。」在〈送淑卿女士歸汕頭〉詩中云：「憐君日夜苦思鄉，恰喜今朝願已償，此去華南秋正好，江山依舊莫傷情。」可見她們的情誼之深，因為地緣的關係，讓她們聚合以詩會友，成為閨閣中的莫逆之交。她們彼此體諒，相互勸勉，每一次的交遊或唱和中，都在對方身上找到自我期許的動力，這樣細膩雋永、悠遊渺遠的知己之情，或可以張李德和的〈秋懷和金川女史原玉〉一詩作為寫照：

冰雪聰明勝阿男，月津仙品月應覬。
香奩唱和閨情密，妝閣吟哦韻事諳。
巾幗有名留史續，經綸無責為詩耽。
年來讀破芸編慣，蔗境親嘗已漸甘。

這樣的筆墨，不僅是寫對方，同時也寫自己，不同於一般形式僵化的應酬

女詩人彼此習染，互相唱和，為刺繡結穗之外，憑添雅緻的文學生活。

她們的情誼之深,不僅成為閨閣中的莫逆之交,更在每一次的交遊與唱和中,找到自我期許與互相勸勉的動力,這樣細膩雋永、悠遊渺遠的知己之情,在她們的詩作中可見一斑。

清 焦秉貞・仕女圖冊之三

唱和之作。而黃金川的〈贈淑卿月華兩女士〉詩,則更可以看出同為高雄苓洲地區寫作者的惺惺相惜,以及女詩人眼中的家鄉其實是如此風雅的文學重鎮:

> 志同道合本相親,且喜天教作比鄰。
>
> 應是壽峰鍾秀氣,苓洲偏駐女才人。

(其一)

> 林家文學蔡家詩,一樣真才兩樣奇。
>
> 愧我未能成一藝,侈談肝膽是相知。

(其二)

女性詩人之間的酬唱交遊,自清代江南的梅花詩社、清溪吟社、蕉園詩社以降,風氣已成,為傳統詩壇增色不少,台中王竹脩曾說:「歷朝說部所載閨秀詩詞,指不勝屈,美不勝收,然皆出於著作家之評空捏造,非實有其人,觀《十才女傳》、《紅樓夢》二書便知……惟吾臺江夏之裔美國碩士黃朝琴君之胞妹金川女士……援筆成章,偶值吟會,便攜文具踽步而登騷壇,拈韻分箋,神情自若……。」(王竹脩,1991)江寶釵亦曾描述主持「連玉詩鐘社」、「小題吟會」的張李德和:「詩

人雅集的樂趣，在筆者看來，（〈春
宵〉）與《紅樓夢》探春倡結詩社寫給
寶玉的信今昔輝映，都是描寫詩社活動
的重要作品……。」（江寶釵，1998）
古今學者都欣見《紅樓夢》故事中女詩
人結社吟詩的浪漫情節出現在現實世界
裡。

　　除了嘉義、台南、高雄的詩社常
見女詩人外，霧峰灌園府第「櫟社」理
事吳少侯的女公子吳燕生、林家西賓蔡
旨禪女士，亦為當時活躍於詩壇的文
藝女性。至於臺北艋舺的王香禪，不
僅與連雅堂、趙一山等人交遊，其刊登
於《臺灣詩薈》的作品，更是比黃金川
多出許多。考察女詩人們當日的文學社
會活動，可使我們理解到文本產生的時
代背景，日據時期女作家對生活環境的
看法，以及掌握其詩作中呈現的區域特
色。

## 春到人間獨早知

　　黃金川的詠物詩以花木類居多，大
都寄寓其貞靜自好的性情，以及昂揚不

女性詩人之間的酬唱交遊，自清代江南的
梅花詩社、清溪吟社、蕉園詩社以降，風
氣已成，為傳統詩壇增色不少。
　　　　　　　清 陳枚·月曼清遊圖冊之一

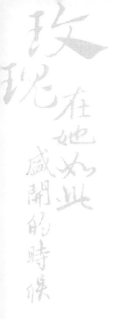

屈的品格。例如〈領上梅〉，在日人壓
榨台灣的時空背景下，便頗能藉詠物以
抒情，來比喻詩人自身的處境與漢民族
的精神氣節：

> 開傍黃雲十月時，幾疑微雪染寒枝。
> 是誰洩漏東風信？春到人間獨早知。

她的性格如同她所歌詠的梅花，
在俗世表象的紛亂下，對人間美好事物
有獨到的欣賞慧眼，相信冬天的盡頭有
和煦的春風，雖然世人不覺，但是詩人
敏銳易感的心已經將人生的願景寄寓在
這首短短的詠物詩中。而詠〈古松〉詩
云：「四季姿容長不改，千秋氣節豈能
移。養成鱗甲神龍健，幾度霜風大戰
時。」又將內在貞定信念、不畏磨難的
一面，藉古松的氣節透顯出來。詩人以
日據時期詠物之作的諷諭、抗議精神縮
合個人閨閣典雅的作風，在國族命運多
舛的時代，日本人高壓統治的社會裡，
展現其心懷時事，溫厚蘊藉的人格稟
賦。

事實上，黃金川的故國之思，往
往用訴諸於鄉愁式的情感，〈秋感〉

詩人雅集的樂趣，與《紅樓夢》探春倡結
詩社今昔輝映，都是描寫詩社活動的重要作
品。　　　　　　清 陳枚·月曼清遊圖冊之四

云：「千里夢魂還故國，幾分愁病滯他鄉。」〈九月十五夜即事〉亦云：「故國休遙望，登樓憶舊遊。」〈元宵思親〉亦有：「年年佳節倍思親，故國風光入夢頻。」之句。王竹脩曾經形容黃金川曰：「貞靜自好，秀豔絕倫，亭亭玉立，春風裡人比黃花瘦幾分，不事妝飾，只耽吟詠。」黃金川自然貞靜的性格，可以在與另外兩位女詩人的比較中，突顯出來。一位是時間稍早的王香禪，另一位則是與黃金川大約同時的張李德和。王香禪本名罔市，是台北艋舺東津一帶的風塵女，十七八歲轉到台南「玩春園」，結識風月名家羅惠秀，一度結婚而後仳離。因貌美而勤學，復習染台南詩社俊彥感時憂國的情懷，遂拜於連雅堂先生帳下，從趙一山學詩，而搖身一變，成為風雅麗人。後與曾經參謀復辟的謝介石（幼安）結婚，婚後謝介石出任「滿州國」的外交總長。王氏學詩從李義山入手，詩風極富於晚唐頹豔的格調。

張李德和則是閩臺閨秀中最活躍

黃金川的詠物詩以花木類居多，大都寄寓其貞靜自好的性情，以及昂揚不屈的品格。

明 佚名‧千秋絕豔

的人物，她籌組詩社，也開助產士講習
所，而且一生致力於救濟事業，同時亦
積極喚醒婦女同胞的女權自覺，光復
後為國民黨提名第三屆臺灣省議員。觀
其作品，多慶賀、弔唁、贈答、聯吟之
詩，在王英麟〈德和女史膺選省議賦作
依韻以祝〉詩云：「誓心佐國據江東，
選出賢能慶大同。稟政無私揚正氣，鞭
慉會待角群雄。推自治憑喉舌，擁護民
權肅污風。五五議員齊勗勉，叩頭不附
應聲蟲。」（張李德和，1968）可知張
李德和是積極認同民主制度，而且熱心
公益、交遊廣闊的女詩人。

　　黃金川的人格稟賦自有別於上述二
位詩人。她的氣質內斂，吟詠以自然白
描手法為之，風格清新爽朗。她在〈秋
蟬〉詩中云：「自從西路歸來後，故國
傷心咽落霞。」她對家國的感懷，沒有
眷戀帝制的情結，亦不會從中產生積極
從政的動力，與支持民主、強調民權的
信念。她對於家國的關注，最終都能夠
昇華為一種超越俗世的境界，與自我的
生命和自家的山水鄉情對話。這一點可

台北艋舺東津一帶的風塵女，十七八歲轉
到台南「玩春園」，結識風月名家，因貌美
而勤學，復習染台南詩社俊彥感時憂國的情
懷，遂搖身一變，成為風雅麗人。
清 呂彤·焦蔭讀書圖

以再與男性詩人作比較。日據時期的新
竹詩人林鍾英（1884~1942），號香雪居
士。他面對日人侵台，以及新舊文明衝
擊時，往往產生許多從事務性角度觀察
現實生活的詩歌，例如：〈農家要自謀
更生之路〉（林鍾英，1998）一詩，就
藉由對農戶劬勞貧苦的關懷，抨擊豪賈
奪利，以及賦稅過重的事實。再如〈戊
寅年改裝感賦〉、〈詠飛機爆擊器〉、
〈呈總督〉等詩，都強烈地表現出他關
心時事和庶務的性格，儘管他一生以歸
隱田園為樂，而且以林逋的梅妻鶴子為
志。

　　黃金川同樣生活在有飛機、電燈的
社會，然而她所編織出來的家國景象，
道地是一幅故國山河畫。她用楊柳、
灞岸、天涯、飄零、塵沙、萬里等中國
古典文化情境裡的詞彙來詮釋鄉愁，寄
寓憂國憫時的感慨。這一點卻與時間稍
後，日據時期重要的女畫家陳進的風
格相當接近，尤其是她在「悠閒」這幅
畫中，描繪出一位手拿《詩韻全璧》的
閨閣美女，可以說是傳統漢民族自然流

張李德和

陳進的畫作，始終維持著悠遊雅緻的情調。 陳進‧合奏

露的文化氛圍與精神象徵。黃光男進一步指出：「整幅畫面上的氣氛營造，絕對不是大和民族的標幟。」（黃光男，1998）陳進是日據時代台灣第一位留日的女性藝術家，師事日本膠彩畫大師鏑木清弓，同時也是伊東深水的高徒。陳進膠彩畫作細膩典雅，展現出大家閨秀的高貴潔淨。在臺灣近代繪畫史上，佔有相當重要的地位。直到光復前，陳進都是臺灣著名畫家中唯一的女性。她出身於二十世紀初新竹香山地區的望族，同時也是書香門第。在陳進的畫作中，始終維持著悠遊雅緻的情調，也常出現臺灣仕紳家庭中的考究陳設，這些與陳進早年優渥的家庭環境，有密切的關係。在相對保守的年代裡，陳家反而以開明的態度來教養子女，而且重男輕女的觀念也較淡薄，父親陳雲如

先生都認為，無論男女，能念書就儘量念。因此陳進九歲時，進入香山公學校就讀，這所學校還是她父親將家中的一棟別墅「靜山居」捐出來所設立的。十五歲公學畢業後，陳進同時考上臺北第三高女（今天的中山女高），以及彰化女高，她後來選擇了臺北第三高女。就學期間，陳進遇到了一位影響她十分深遠的日籍老師──鄉原古統。鄉原先生發現陳進在繪畫上表現出優異的天份，因而時常鼓勵她往這條路去求發展。在陳進畢業前夕，還特別請陳雲如到學校來，力勸他把陳進送到日本去深造。陳雲如立刻就同意了。日後，陳進總不忘自己受到老師栽培的恩德。

　　一九二五年，十八歲的陳進考入東京女子美術學校，專攻日本畫。她非常用功，並經常提醒自己不要辜負家人和師長對自己的期望。儘管她才華洋溢，並在日後達到很高的藝術成就，她仍堅持說自己不是天才型的畫家，只是比一般人多了幾分的堅持與努力。可見她對藝術追求的長期投入。陳進在東京女子美術學校就讀一年級時，曾以三件學期作品：「姿」、「罌粟」、「朝」參加第一屆臺展東洋畫部，結果三件作品均被入選，並與林玉山、郭雲湖齊名，獲得「臺展三少年」的美譽，這一年陳進還不滿二十歲。直到一九九八年去世為止，陳進一生執著於繪畫，尤其是膠彩畫，不管外界的環境如何變化，她始終未曾放下過畫筆，也從未放棄過對於美的追求。欣賞她的畫作，無論是人物、花卉、佛像或風景畫，都會使人感受到自然而然、不疾不徐、嫻雅淡泊又溫暖可親。這種風格與同時代其他藝術家在窮迫離亂之中，不復顧及溫厚餘韻的性格有很大的差異，黃金川也用詩筆說明了日據時期大家閨秀的藝術觀點：「吟哦氣勢愛堂皇，不

看尋常豔體章。莫笑深閨偏執拗，措詞蘊藉見才長。」（〈詩癡〉）

## 怪對黃花頻灑淚，由來遊子怕秋風

　　黃金川靜靜地面對家鄉台南縣白河鎮關子嶺的山峰，回想自己雖曾負笈東瀛，以及隨母遊覽上海、杭州勝地，卻沒有一個地方像眼前的家鄉一樣，不僅安頓她的身體，同時平靜她的心靈，「黃昏浴罷閒無事，靜對遙峰寫晚晴。」（〈重遊關子嶺〉）這個地方，在她的眼中，是一個捕魚、養鱉的鄉村社會，人們安貧樂道、勤奮知足，同時也是文風薈萃、詩學鼎盛，讓詩人寄託心靈的好地方，「何須更覓長生法，得住斯鄉便是僊（仙）」這個仙鄉正是她日夜依戀的家園──南台灣。

　　在日本人強迫本島人書寫日文、認同大和民族文化與大東亞政策的非常時代裡，在太平洋戰爭爆發，中國陷入長期抗戰的歷史背景下，女詩人時常想到的是戰爭的景象：「不知萬里塵沙地，埋沒人間幾丈夫。」（〈古戰場〉）「蘆溝流水聲聲急，應是征人涕淚多。」（〈塞上曲〉）同時也常念及女子和家國的依存關係，如〈娘子軍〉、〈木蘭從軍〉等，都是用以古喻今的手法，託喻其愛國之心與民族情感。在女詩人眼中，女子從軍保家衛國，不是為了疆域與名利的爭奪，而是希望實現人間最溫暖的天倫之樂。

　　傳統詩教使我們相信詩格即人格，而個人獨特的氣質，往往在比較的視角中特別容易顯現。王香蟬的清麗冶豔如宮體詩、張李德和的活躍蓬勃如臺閣體，而陳進的精緻華美則像是花間詞派的具體展現。此間黃金川清雅閒適的氣韻，令人聯想到簡淨的田園詩風。而日據時

期台籍女詩人的命運以及他們對文學的執著與追求，又令人聯想到日式櫻花與台灣民謠一起飄盪在風中的絕美意象。同時，在藝術反映生活的前提之下，詩家無疑提供後人更多見證歷史與遙想前人文藝生活的直接史料。

## 【參考書目】

1. 王國璠等《三百年來臺灣作家與作品》，臺灣時報社出版，民國六十六年八月。

2. 江寶釵著《嘉義地區古典文學發展史》，嘉義市立文化中心，民國八十七年六月。

3. 林鍾英《梅鶴齋吟草》，新竹市立文化中心出版，民國八十七年六月。

4. 施懿琳等《台中縣文學發展史：田野調查報告》，台中縣立文化中心出版，民國八十二年六月。

5. 連橫《臺灣詩薈》，臺灣省文獻會出版，民國八十一年三月三十一日。

6. 陳黃金川《金川詩草》，陳啟清先生慈善基金會三版修訂，民國八十年十月。

7. 陳進河等編輯《陳進八十回顧展》，台北市立美術館，民國七十五年。

8. 許俊雅等《靜對遙峰──閨秀詩人金川女士紀念集》，陳啟清先生慈善基金會發行，民國八十二年十月。

9. 傅錫祺、林朝崧《櫟社沿革志略》，臺灣省文獻會出版，民國八十二年就月三十日。

10. 黃朝琴《我的回憶》，立文印刷有限公司出版，民國七十年十二月初版。

11. 張李德和編著《琳瑯山閣唱和集》，台北：詩文之友出版，民國五十七年。

12. 童勝男編纂《新竹市志》，新竹市政府印行，民國八十六年十二月。

13. 黃光男《台灣畫家評述》，台北市立美術館，民國八十七年四月初版。

14. 楊翠《日據時期臺灣婦女解放運動》，時報文化出版，民國八十二年五月十五日初版一刷。

15. 鄭文惠等《金川詩草百首鑑賞》，文史哲出版，民國八十六年六月初版。

16. 鮑家麟《中國婦女史論集》，稻鄉出版社，民國八十一年九月再版之刷。

國家圖書館出版品預行編目

玫瑰,在他如此盛開的時候：探索女性文學的綺麗世界 / 朱
嘉雯著. -- 一版. -- 臺北市 ： 秀威資訊科技, 2007[民96]
　　面 ； 　公分. --（世紀映像語言文學 ；PC0008）

ISBN 978-986-6909-33-7（平裝）

1. 中國文學 – 歷史 – 現代(1900- 　　) 2. 中國文學 –
評論 3. 婦女文學 – 評論

820.908　　　　　　　　　　　　　　　　96000231

 語言文學　PC0008

## 玫瑰，在她如此盛開的時候—探索女性文學的綺麗世界

作　　者 / 朱嘉雯
主　　編 / 蔡登山
發 行 人 / 宋政坤
執行編輯 / 周沛妤
圖文排版 / 莊芯媚
封面設計 / 莊芯媚
數位轉譯 / 徐真玉、沈裕閔
銷售發行 / 林怡君
網路服務 / 徐國晉
法律顧問 / 毛國樑律師
出版印製 / 秀威資訊科技股份有限公司
　　　　　台北市內湖區瑞光路583巷25號1樓
　　　　　電話：02-2657-9211　傳真：02-2657-9106
　　　　　E-mail：service@showwe.com.tw
經 銷 商 / 紅螞蟻圖書有限公司
　　　　　台北市內湖區舊宗路二段121巷28、32號4樓
　　　　　電話：02-2795-3656　傳真：02-2795-4100
　　　　　http://www.e-redant.com

2007 年 2 月　BOD 一版
定價：220元

# 讀者回函卡

感謝您購買本書，為提升服務品質，請填妥以下資料，將讀者回函卡直接寄回或傳真本公司，收到您的寶貴意見後，我們會收藏記錄及檢討，謝謝！如您需要了解本公司最新出版書目、購書優惠或企劃活動，歡迎您上網查詢或下載相關資料：http:// www.showwe.com.tw

您購買的書名：＿＿＿＿＿＿＿＿＿＿＿＿＿＿＿＿＿＿＿＿＿＿＿＿

出生日期：＿＿＿＿年＿＿＿＿月＿＿＿＿日

學歷：□高中 (含) 以下　　□大專　　□研究所 (含) 以上

職業：□製造業　□金融業　□資訊業　□軍警　□傳播業　□自由業
　　　□服務業　□公務員　□教職　　□學生　□家管　□其它＿＿＿

購書地點：□網路書店　□實體書店　□書展　□郵購　□贈閱　□其他

您從何得知本書的消息？

　□網路書店　□實體書店　□網路搜尋　□電子報　□書訊　□雜誌
　□傳播媒體　□親友推薦　□網站推薦　□部落格　□其他＿＿＿＿＿

您對本書的評價：(請填代號　1.非常滿意　2.滿意　3.尚可　4.再改進)

　封面設計＿＿＿　版面編排＿＿＿　內容＿＿＿　文／譯筆＿＿＿　價格＿＿＿

讀完書後您覺得：

　□很有收穫　□有收穫　□收穫不多　□沒收穫

對我們的建議：＿＿＿＿＿＿＿＿＿＿＿＿＿＿＿＿＿＿＿＿＿＿＿＿

＿＿＿＿＿＿＿＿＿＿＿＿＿＿＿＿＿＿＿＿＿＿＿＿＿＿＿＿＿＿＿＿

＿＿＿＿＿＿＿＿＿＿＿＿＿＿＿＿＿＿＿＿＿＿＿＿＿＿＿＿＿＿＿＿

＿＿＿＿＿＿＿＿＿＿＿＿＿＿＿＿＿＿＿＿＿＿＿＿＿＿＿＿＿＿＿＿

11466
台北市內湖區瑞光路 76 巷 65 號 1 樓

**秀威資訊科技股份有限公司**　　　　收

BOD 數位出版事業部

........................................................................................

（請沿線對折寄回，謝謝！）

姓　　名：＿＿＿＿＿＿＿＿＿　年齡：＿＿＿＿　性別：□女　□男

郵遞區號：□□□□□

地　　址：＿＿＿＿＿＿＿＿＿＿＿＿＿＿＿＿＿＿＿

聯絡電話：(日)＿＿＿＿＿＿＿＿＿　(夜)＿＿＿＿＿＿＿＿＿＿

E-mail：＿＿＿＿＿＿＿＿＿＿＿＿＿＿＿＿＿＿＿＿